»MAHLZEIT!«

Über das Buch: Experimentelle Bücher gehören ganz selbstverständlich zu Marlon Bakers Oeuvre, denn er will nicht nur als Krimi-Autor wahrgenommen werden. Mit »MAHLZEIT! – Glovers Pizza Emporium« hält uns der Autor erneut einen Spiegel vor, in dem wir nicht selten unsere eigenen Fratzen erkennen, weil wir feststellen müssen, wie sehr wir doch von Klischees und Vorurteilen durchdrungen sind. »MAHLZEIT! ist ein Meisterwerk«, meint Richard Allenberry, Lektor und langjähriger Freund des Autors, und ein absolutes Must-Have für Baker-Fans!

Über den Autor: Marlon Baker hält seine Versprechen! Mit MAHLZEIT! legt er den zweiten Roman innerhalb von zwei Monaten vor; und es warten noch zehn weitere, die aus der Schublade geholt werden wollen! Marlon Baker gilt als der erfolgreichste Autor & Verleger Neuseelands, wo er in Christchurch lebt und arbeitet.

Marlon Baker

MAHLZEIT!

»GLOVERS PIZZA EMPORIUM«

Experimenteller Roman

www.iBoox.eu

Bibliografische Information der Deutschen Nationalbibliothek:
Die Deutsche Nationalbibliothek verzeichnet diese Publikation in der Deutschen
Nationalbibliografie; detaillierte Daten sind im Internet über
›http://dnb.d-nb.de‹ abrufbar.

Die Originalausgabe erschien 2011
bei iBoox Publishing Europe Ltd. [als E-Book]
www.iBoox.eu

© 2011 iBoox Publishing Europe Ltd.
Publishing Rights © 2011 Marlon Baker
Buchsatz & Cover: iBoox Publishing Europe Ltd.
Lektorat: Richard Allenberry für www.boox.co.nz
Cover-Illustration: © Jürgen Speh
Ölgemälde »Adrian kauernd«: © Otto Lohmüller
Herstellung und Verlag:
Books on Demand GmbH, Norderstedt
ISBN 978-3-8448-0340-2
Printed in Germany. Alle Rechte vorbehalten.

YOU ARE HERE

Letzte Bestellungen, Jungs«, wurde vom Ladenbesitzer ausgerufen, da er seine Pizzeria an diesem Abend pünktlich schließen wollte. Zwar verfügte er über keinerlei Alkohollizenz um Bier und dergleichen ausschenken zu dürfen, doch das konnte ihn nicht davon abhalten, selbiges trotz Androhung harter Strafen zu tun. In den Abendstunden trafen sie sich in seiner Pizzeria eine Hand voll Jugendlicher, die nicht unbedingt wegen der leckeren Speisen oder der Pizza-Supreme in seinen Laden kamen. Vielmehr war es das Wissen, dass er Alkohol auch an Jugendliche ausschenkte, sobald die Ladentür verschlossen war.

Sobald er dazu aufforderte, die letzten Bestellungen aufzugeben, war es immer das gleiche Schauspiel, das sich in seinem Laden vollzog. Einer der Jugendlichen schob den Riegel vor die Tür, wendete das Schild am Fenster, womit für alle weiteren Nachtschwärmer erkennbar war, dass nun die Pizzeria nicht nur geschlossen sondern auch unter »Fremdherrschaft« war.

Und Mr Glover hatte sich dieses Treiben nicht selbst ausgesucht, noch viel weniger hatte er dazu beigetragen das es dazu kam, das spätestens um 22 Uhr Grenzen überschritten wurden, Grenzen, zu deren Einhaltung er als guter Gastronom eigentlich verpflichtet war. Doch mit dieser Regel nahm es Mr Glover nicht so genau. Er hatte Gesetze und Regeln schon immer etwas großzügiger ausgelegt. Und das wussten auch die Jugendlichen, die nun seine Theke belagerten und nur das eine wollten. Sie mussten ihren Wunsch nicht einmal laut aussprechen. Es war vielmehr ein stilles Abkommen unter ihnen, eine Art Pakt, wenn man so will, den sie einst geschlossen und mit ihrem Blut besiegelt hatten. Die Jugendlichen kannten ein Geheimnis, mit dem sie Mr Glover nicht nur das Leben schwer machen konnten, es eignete sich vielmehr auch dazu, ihm das Leben auf Erden zur Hölle zu machen. Denn welcher Geschäftsmann wollte sich schon mit diesen Typen anlegen, die doch die halbe Straße unter ihrer Kontrolle hatten; und bestimmt würden noch weitere Straßen aber vor allem auch Geschäfte hinzukommen, wenn sich daran nichts änderte, dass die Polizei großzügig über diese Machenschaften hinwegsah. Und damit waren nicht nur die vielen Grenzüberschreitungen gemeint. Der Polizei war es schlichtweg egal, wenn ein Geschäftsmann unter diesen Jugendlichen zu leiden hatte. Warum das so war, konnte sich kaum einer erklären, doch irgendein Geheimnis trugen auch diese Jugendlichen mit sich herum, die sie für die anderen unantastbar machte.

Mr Glover hatte es schlichtweg aufgegeben, sich diesen Zwängen zu entziehen. Er wusste was passieren würde, wenn er den Mut aufbrächte, sich gegen diese Meute zu stellen.

An diesem späten Freitagabend waren es insgesamt fünf Jugendliche, die seinen Laden belagerten. Keiner von ihnen war älter als sechszehn oder siebzehn, und der Jüngste von ihnen vielleicht gerade einmal dreizehn oder vierzehn. Dennoch hatten diese Jungs etwas an sich, das einschüchternd wirkte.

Zahlreiche Gerüchte und Halbwahrheiten machten ihre Runde, und niemand wollte den tatsächlichen Wahrheitsgehalt dieser sonderbaren Geschichten überprüfen, geschweige denn sich ihrer annehmen. Und so hielt es auch Mr Glover, der den Jungs zwei Dutzend Bierdosen auf die Theke stellte. Er hatte aufgehört, die Jungs davon zu überzeugen, dass dies einmal ihren Tod heraufbeschwören könnte, da sie alle mit ihren Autos oder Mopeds unterwegs waren.

Mr Glover holte gerade die letzte Pizza des Abends aus dem Steinofen, die er den Jungs an den Tisch brachte, an dem sie sich zurückgezogen hatten, als das Telefon klingelte:

»*Glovers Pizza Emporium!* Was kann ich für sie tun?«, sagte Mr Glover und hoffte, so wie an jedem Freitagabend, dass ein besorgter Vater hier anrufen würde um zu erfahren, ob sein Sohn bei ihm wäre. Doch auch heute sollte sich dieser Wunsch nicht erfüllen. Am anderen Ende der Leitung hörte er die heisere Stimme eines Stammkunden, der diese Bezeichnung eigentlich nicht verdiente. Denn Mr Baker war alles andere als ein häufiger Anrufer. Im Grunde kam es nur drei Mal vor, dass er bei *Glovers Pizza Emporium* anrief. Die Auszeichnung eines Stammkunden hatte er sich auch nur verdient, da er diese drei Anrufe nun schon zum fünften Mal in Folge tätigte — jedes Jahr im Sommer, wenn Mr Baker in seinem Haus in der Mysteria Lane an einem neuen Buch arbeitete, rief er jeweils zum ersten Freitag eines Monat an um sich eine Pizza-Supreme zu bestellen. So auch heute:

»Ich hätte gern noch eine Pizza-Supreme mit Extra-Käse, wenn das möglich ist. Ich weiß, es ist schon spät und sicher schließen Sie gerade, doch ich würde Ihnen auch den doppelten Preis zahlen«, sagte Mr Baker in seinem typischen Tonfall.

»Das Problem ist nicht, *ob* ich Ihnen noch eine Pizza backen kann, Mr Baker, vielmehr wird es ein Problem der

Auslieferung sein, da mein Botenjunge für heute schon Feierabend gemacht hat«, erwiderte Mr Glover, der den gleichen sonderbaren Tonfall annahm, wann immer er von Mr Baker angerufen wurde.

»Und wenn sie einen der Jungs fragen?«, schlug Mr Baker vor, und Mr Glover stellte nicht einmal in Frage, dass auch Mr Baker von der Belagerung seines Ladenlokals wusste; auch wenn Mr Baker noch nie einen Fuß über die Schwelle seines kleinen Ladens gesetzt hatte.

»Da wird sich doch bestimmt einer finden lassen, der bereit ist, für ein entsprechendes Trinkgeld zu mir raufzukommen. Ich weiß, es ist eine lange Anfahrt, doch ich wäre bereit, dem Lieferanten eine angemessene Entlohnung zu zahlen. Plus Trinkgeld!«

»Warten Sie bitte, ich werde die Jungs fragen«, sagte Mr Glover und legte den Telefonhörer beiseite um zu den Jungs hinüber zu gehen.

Mr Baker lauschte an der Hörmuschel seines Telefons. Sowohl die Jungs als auch Mr Glover waren wegen ihrer lauten Organe sehr gut zu hören.

»Hätte einer von euch Lust, sich auf die Schnelle was zu verdienen? Es muss noch eine *letzte Pizza* ausgeliefert werden«, stellte Mr Glover in den Raum, ohne einen bestimmten Jungen angesprochen oder aufgefordert zu haben. Er wusste nicht einmal, wie die Jungs darauf reagieren würden.

Doch in dieser Hinsicht waren sich wohl alle Jungs gleich. Wer wollte schon nicht auf die Schnelle ein paar Dollar verdienen? Mr Glover blickte jeden der Jungs an.

Eine bedeutungsschwangere Stille zog auf.

Die Luft war zum Schneiden dick. Dann plötzlich eine Reaktion. Einer der Jungs zog fünf Strohhalme aus einem

Glas, das auf dem Tisch stand. Einen davon kürzte er. Dann sagte der Junge:»Das werden wir unter uns ausmachen!«

Mr Glover ging hinüber zum Telefon und teilte Mr Baker mit, dass es überhaupt kein Problem sei, noch liefern zu können.

»In etwa vierzig Minuten wird der Junge bei ihnen sein, Mr Baker. Vielen Dank für ihre Bestellung!«

Dann legte Mr Glover auf um sich gleich dranzumachen, die Pizza zu belegen. Glücklicherweise hatte er den Steinofen noch nicht abkühlen lassen, und so war die Pizza in weniger als zehn Minuten fertig.

Inzwischen war auch bei den Jungs eine Entscheidung getroffen worden, oder besser gesagt, es hatte einen der Jüngeren getroffen, der noch immer entsetzt auf den kurzen Strohhalm blickte.

Zwar hatte ihnen Mr Glover nicht gesagt, wer die Pizza bestellt hatte, doch allein schon die Adresse reichte aus, um dem Jungen das Blut in den Adern gefrieren zu lassen, der sich von einem seiner Freunde den Autoschlüssel geben ließ.

»Bist du überhaupt schon alt genug, um Auto fahren zu dürfen?«, hätte Mr Glover den Jungen am liebsten fragen wollen, denn der Junge, der den Auftrag erledigen wollte, war alles andere als groß. Mr Glover schätzte ihn auf 1,65 Meter. Der Junge war von einer hageren Gestalt, sah sogar etwas abgemagert aus, als hätte er sich vorgenommen, mit seiner Schwester in einen Wettstreit zu treten, wer von ihnen sich schneller herunterhungern konnte. Doch Mr Glover wagte es nicht, derartige Fragen in den Raum zu stellen, nicht zuletzt deshalb, da nun alle

Augen auf ihn gerichtet waren, als sich der Junge die auszuliefernde Pizza schnappte und den Laden verließ.

Jetzt war Mr Glover mit den anderen allein. Insgeheim hoffte er noch immer darauf, heute pünktlich Feierabend machen zu können, da er seine Frau noch mit einem Geschenk überraschen wollte, dass ihm heute Morgen zugestellt worden war.

Per Expresslieferung hatte er einen kleinen weißen Karton erhalten, mit der Aufforderung, es sich mit seiner Frau schmecken zu lassen.

Auf dem Parkplatz von *Glovers Pizza Emporium* war das Aufheulen eines Motors zu hören. Offensichtlich hatte der Junge so seine Schwierigkeiten, mit einer Gangschaltung umzugehen.

Die Jungs im Laden, die sich erneut an der Theke versammelt hatten, lachten und forderten Mr Glover auf, noch eine weitere Runde auszugeben.

»Ihr wollt doch nicht etwa auf euren Freund warten, bis er zurückkommt? Das kann länger dauern«, sagte Mr Glover und öffnete den Kühlschrank um das letzte Sixpack herauszuholen, dass er hatte.

Er bekam jedoch keine Antwort.

Unter lautem Ächzen und Stöhnen bewegte sich das Auto vom Parkplatz. Schon jetzt war der Getriebeschaden zu hören, der das Auto wohl in kürzester Zeit lahm legen würde.

Auf dem Beifahrersitz lag die Pizza, die nicht einmal in einer Warmehaltebox lag. Glaubte der Junge vielleicht, dass er die Strecke unter 15 Minuten schaffen würde?

Niemals!

Auf einem Zettel, den sich der Junge an das Lenkrad geheftet hatte, stand die Adresse:

MYSTERIA LANE, Hausnummer 7

Der Junge versuchte sich daran zu erinnern, wer dieses sonderbare Anwesen bewohnte, in das sie nicht nur einmal eingestiegen waren um sich an den Dingen anderer Leute zu bereichern.

Schon oft waren er und seine Freunde auf Beutezug gewesen, und in der Mysteria Lane, in der sehr viele reiche Menschen wohnten, hatte es schon immer die absonderlichsten Dinge gegeben. Es war kein Geheimnis, dass in der Mysteria Lane auch Exzentriker und Selbstdarsteller wohnten.

Doch wer in der Hausnummer 7 wohnte wollte dem Jungen nicht einfallen. Allerdings fiel es ihm plötzlich wie Schuppen von den Augen, das dies genau jenes Haus war, das ihm einst die dickste Gänsehaut bescherte, die er je in seinem Leben gehabt hatte.

Stundenlang hatten sie versucht, in diesem Haus Beute zu machen. Doch alles, was sie gefunden hatten, waren Ekel und Entsetzen. Die Bilder waren zwar ein wenig abgeschwächt, doch er hatte sie nie vergessen können. Sie verfolgten ihn sogar in seinen Träumen.

Und jetzt war er auf dem besten Wege ausgerechnet diesem Typen eine Pizza zu bringen.

Er klappte den Deckel der Pizzaschachtel auf. Dann zog er inbrünstig allen Schleim hinauf, den seine Lunge produzierte. Er rotze geradewegs auf die Pizza und schlug den Deckel wieder zu.

»Dieser Mistkerl! Wegen ihm konnte ich wochenlang nicht einschlafen, sehe immer wieder diese schrecklichen Bilder vor mir!«

Dass der Junge bereits auf halber Höhe der Mysteria Lane war, wurde auch in der Hausnummer 7 wahrgenommen. Das Aufbrausen des Motors, das Heulen und Quietschen des betagten Vehikels war nicht zu überhören.

Mr Baker hüllte sich in einen Bademantel, der an einem Kleiderbügel an der Badezimmertür gehängt hatte. Eilig lief er zur Vordertür. Dort lag bereits ein Utensil bereit um den späten Gast zu überraschen.

Der Junge ging in die Eisen. Das Auto kam zum Stehen. Wohl auf beiden Seiten baute sich eine Spannung auf, die sich erst entlud, als sich die Haustür schlagartig öffnete, und wohl beiden ein Stein vom Herzen fiel. Keiner von ihnen hatte mit einer solch angenehmen Erscheinung gerechnet. Mr Baker zeigte sich überrascht, wie zierlich dieser Junge doch war; und der Junge gewann allmählich wieder an Gesichtsfarbe, als er feststellte, wer da in der Tür stand.

Doch dann wurde der Junge mit etwas überrascht, was ihn erneut verunsicherte. Ein heller Blitz raubte ihn für mehrere Sekunden die Sicht. Mr Baker hatte ein Polaroid-Bild von dem Jungen geschossen, und warum das so war, erklärte Mr Baker wie folgt:

»Nächtliche Gäste halte ich stets im Bild fest. Man kann ja nie wissen, wer einem in der Nacht noch einen Besuch abstattet.«

Der Junge hatte schon davon gehört, dass in der Mysteria Lane recht sonderbare Gepflogenheiten zelebriert wurden. Doch es störte ihn nicht, soeben »abgeschossen« worden zu sein.

»Hier! Ihre Pizza. Das macht 19,80 Dollar«, sagte der Junge, der so schnell wie möglich diesen unwirklichen Ort verlassen wollte. Er hatte ihn anders in Erinnerung. Chaotischer. Blutrünstiger.

Mr Baker nahm die Pizza entgegen und warf einen prüfenden Blick auf das ausgekühlte Etwas, das seine Nachtzehrung sein sollte.

»Mir ist heute doch nicht nach Pizza«, sagte Mr Baker und warf die Schachtel geradewegs auf einen Sessel, der nur unweit von der Tür entfernt war.

»Sie werden aber nicht drum herum kommen, die Pizza dennoch zu bezahlen. Ich muss Mr Glover das Geld bringen«, sagte der Junge; und ihm war anzumerken, dass er sich nicht sonderlich wohl in seiner Haut fühlte.

»*Glovers Pizza Emporium* hat doch längst geschlossen. Du wirst niemanden mehr dort antreffen, wenn du jetzt dorthin zurückkehrst«, erwiderte Mr Baker und schob ein süffisantes Lächeln hinterher.

Mr Baker kannte die Gepflogenheiten, die dort unten in der Stadt herrschten. Er wusste auch, dass nicht gerade wenige Personen Angst vor diesen Jugendlichen hatten, die, wenn sie gemeinsam auftraten, einem schon Angst einjagen konnten. Daran bestand nicht der geringste Zweifel. Doch dieser Junge hatte sich von seiner Gruppe entfernt, war allein gekommen –

»Was zahlt dir der alte Glover, wenn du für ihn *Lieferungen* machst?«, fragte Mr Baker und kannte doch schon die Antwort, die er zu hören bekäme. Schließlich hatten ihm nicht minder acht Jungs ihr Leid geklagt, dass ihnen Mr Glover lediglich einen Hungerlohn zahlte.

»3,50 Dollar die Stunde«, sagte der Junge mit schwacher Stimme, und als müsse er diese Summe in irgendeiner Weise rechtfertigen, fügte er noch rasch hinzu: »Plus Trinkgeld!«

»Und damit gibst du dich zufrieden?«

»Habe ich denn eine Wahl?«

»Vielleicht schon. Das kommt ganz darauf an.«

»Es gibt aber kaum einen gutbezahlten Job, der zudem noch Spaß macht.«

»Nun, zuerst einmal solltest du deinen Dienst bei Mr Glover quittieren, nur so kannst du dein Glück selbst in die Hand nehmen. Solange du einer unterbezahlten Tätigkeit nachgehst, kann aus dir kein reicher Mann werden«, sagte Mr Baker und gab dem Jungen zu verstehen, dass er ins Haus kommen solle.

Nur zögerlich überschritt der Junge die Schwelle zu diesem Haus. Es war nicht gut, noch einmal an einen Tatort zurückzukehren, dass wusste er. Und erst recht war es nicht gut, mitten in der Nacht einen Mann zu besuchen, von dessen Motiven er nur eine schwache Vorahnung hatte. Denn wegen einer Pizza hatte Mr Baker bestimmt nicht bei Mr Glover angerufen. Mr Baker erweckte vielmehr den Anschein, als verlange es ihm nach einem Dessert – etwas Süßes, dass er noch vernaschen wollte.

Der Junge war nicht auf den Kopf gefallen. Natürlich wusste er, *wer* ihm da gegenüberstand.

»Und wo sollte ich einen lukrativen Job finden, wenn nicht in der Stadt?«, sagte der Junge und ließ sich nur widerwillig auf einen der Sessel nieder.

Das Wohnzimmer war nur schwach beleuchtet. Ein paar Kerzen spendeten gerade genügend Licht um nicht im Dunkeln zu sitzen. Es gestaltete sich daher etwas schwieriger, mehr sehen zu können. *Ob darin vielleicht eine Absicht des Gastgebers liegt,* dachte der Junge und ließ seine Blicke nach wie vor im geräumigen Wohnzimmer wandern. Das Haus war weniger eine Wohnung, vielmehr war es ein großzügig eingerichtetes Loft, das so manchen Luxus bot. Allerdings hätte der Junge schwören können, dass das Haus noch vor wenigen Monaten völlig anders eingerichtet war.

Hatte es vielleicht seinen Besitzer gewechselt?

Unmöglich!

Noch immer wohnte dieser komische Typ in diesem Haus, den man nur selten unten in der Stadt zu sehen bekam. Und was wurde sich nicht das Maul über diesen Typen zerrissen, der es doch tatsächlich gewagt hatte, der Gesellschaft eine Abfuhr zu erteilen. Nie hatte er sich auf irgendwelchen Partys blicken lassen, hatte stets vermieden, dass irgendwelche Fotos von ihm im Umlauf waren.

»Na hier! Wo sonst!«, sagte Mr Baker jäh, nachdem er seine Beine übereinander gelegt hatte und sich umsah, als wolle er nach weiteren Personen Ausschau halten, die es natürlich hier nicht gab.

»Hier? Aber was könnte ich hier schon großartiges tun?«

»Mir Gesellschaft leisten beispielsweise«, erwiderte Mr Baker und griff nach einer Tasse um sich die Lippen zu benetzen. Seine Lippen waren nach dem heißen Bad noch immer spröde und trocken. Doch das heiße Bad hätte er um keinen Preis verschieben wollen. Eine Grundreinigung seines Körpers, aber auch seiner Seele, waren ihm wichtiger, als in einem anderen Zimmer des Hauses für Ordnung zu sorgen.

»Gesellschaft leisten? In wie fern?«, fragte der Junge, der nur eine schwache Vorstellung von dem hatte, was Mr Baker meinen konnte. Und seine Bilder im Kopf reichten aus, um ihn rot werden zu lassen, was vielleicht sogar noch eine Untertreibung war. Es trieb ihm regelrecht die Schamesröte ins Gesicht, als er sich vorstellte, auf was dieser Mann hinaus wollte.

»Hier oben kann es oft sehr einsam sein«, sagte Mr Baker und setzte die Tasse ab aus der er heiße Honigmilch geschlürft hatte. »Sehr einsam!«

»Sie haben da einen Milchbart«, sagte der Junge und deutete an, dass sich Mr Baker einmal über die Oberlippe fahren sollte um die Spuren zu beseitigen.

Ohne dies zu kommentieren, leckte sich Mr Baker an der Oberlippe. Dann lachte er.

»Ich habe noch immer nicht meinen Heißhunger stillen können«, sagte Mr Baker, nachdem er seine Beine auf die andere Seite gewechselt hatte.

Der Junge konnte sich ein Grinsen nicht verkneifen. Er hatte dem Typen geradewegs in den Schritt blicken können, als der seine Beine ein weiteres Mal übereinander schlug.

»Wollen wir uns die Pizza warm machen?«, fragte der Junge, obwohl er genau wusste, dass er sie besudelt hatte.

»Ich sagte doch bereits, mir ist nicht länger nach Pizza«, sagte Mr Baker.

Der Junge schien irritiert.

Warum bestellt sich jemand eine Pizza, wenn er sie dann nicht einmal essen will?

»Was ist nun? Kannst du dir vorstellen, für mich zu arbeiten? Als, nun ja, nennen wir es meinethalben PA?«

»PA?«

Leider hatte der Junge nicht die geringste Ahnung, was dieses Kürzel bedeutete, geschweige denn hatte er eine Ahnung, welche Aufgaben auf ihn zukämen, sollte er sich auf dieses höchst sonderbares Angebot einlassen.

»Du könntest mein Privater Assistent sein«, erklärte Mr Baker, als hätte er einen Erstklässler vor sich sitzen, »solange ich hier noch zu tun habe.«

»Ich weiß nicht, ob mir das gefallen würde«, lehnte der Junge vorerst dankend ab. Doch dann kam plötzlich die Wende, die alles andere aus dem Weg räumte. Sämtliche Bedenken waren wie weggeblasen, als Mr Baker sein Angebot konkretisierte:

»Na schön! Der alte Glover zahlt dir 3,50 Dollar die Stunde. Ich aber werde dir das 50fache zahlen, und zwar für jede Stunde, die du hier oben bei mir verbringst.«

Mr Baker vor davon überzeugt, dass der Junge dieses Angebot niemals ausschlagen würde. Doch es dauerte noch einige Zeit, bevor der Junge antwortete. Offensichtlich glühte es gerade in seinem Kopf, da er versuchte, die Summe zusammenzurechnen, die hier zu verdienen war.

Der Junge stand auf und kam auf Mr Baker zu.

»Okay! Wir haben einen Deal, Mister!«, sagte der Junge und hielt Mr Baker die ausgestreckte Hand hin.

Mr Baker schlug ein.

»Und ab wann wollen Sie, dass ich anfange?«

»Sofort!«

»Was? Jetzt gleich?«

»Ja, jetzt gleich! Denn solltest du auch nur einen Fuß über die Schwelle der Haustür setzen und mein Haus verlassen, ist mein Angebot hinfällig«, sagte Mr Baker und lachte.

»Aber meine Kumpels«, begann der Junge zu stottern, »und das Geld für Mr Glover. Ich muss ihm doch noch das Geld für die Pizza bringen.«

»Das erledige ich schon«, sagte Mr Baker und raffte sich auf um an einen Schrank zu gehen. Er öffnete die

Schranktür einen Spalt breit und holte ein Kuvert hervor. Er legte 25 Dollar in bar in den Umschlag, leckte ihn an und klebte ihn zu. Dann stellte er den Umschlag auf den Tisch und sagte:

»Ich werde Mr Glover einen Brief schreiben, dass du ein besseres Angebot angenommen hast«, sagte Mr Baker und setzte sich wieder auf den Ohrensessel.

»Okay! Und was soll ich jetzt machen?«, sagte der Junge und dachte schon an die unmöglichsten Dinge, die dieser Mann jetzt von ihm verlangen könnte. Schließlich war der Typ bereit, 175 Dollar die Stunde locker zu machen, nur um ihm Gesellschaft zu leisten, da waren doch bestimmt irgendwelche Hintergedanken mit im Spiel …, oder nicht?

Wenige Wochen war es erst her gewesen, dass der Junge erfahren hatte, welcher »Schwäche« dieser Typ nicht wiederstehen konnte. Doch das war ihm in diesem Augenblick scheißegal! Für 175 Dollar die Stunde und für 4200 Dollar am Tag wäre der Junge sicher auch bereit, seine Seele an den Teufel zu verkaufen, oder wie in seinem konkreten Fall, an den Meistbietenden! Er konnte sich nicht leisten, dieses Angebot auszuschlagen. Schon jetzt schuldete er seinen sogenannten Kumpels nichts weniger als sein Leben. Er hatte mit ihnen einen Pakt geschlossen, hatte es mit seinem eigenen Blut unterschrieben, dass er fortan ihnen gehörte, mit Haut und Haaren.

»Ich habe noch immer großen Hunger«, sagte Mr Baker und deutete auf die Küche, die an das Wohnzimmer angrenzte. »Die Vorräte sind erst heute aufgefüllt worden. Sowohl meine Tiefkühltruhe als auch mein Kühlschrank sind zum Bersten voll mit den köstlichsten Leckereien.

Warum kochst du uns nicht etwas, dass wir zusammen essen können?«

»Oh!?«, sagte der Junge und zeigte sich erstaunt. Mit allem hätte er gerechnet, nicht aber damit, dass er hier seine nicht vorhandenen Kochkünste unter Beweis stellen sollte. Er hatte sich insgeheim schon darauf vorbereitet, mit diesem Mann in dessen Schlafzimmer zu gehen um wer-weiß-was anzustellen …

»Du kannst doch kochen?«

»Eher nicht!«

»Hhm … « Mr Baker überlegte, ob er nicht doch etwas zu vorschnell eine Wahl getroffen hatte. Doch er war sich sicher, dass auch in diesem Jungen Talente schlummerten, die nur Zutage gefördert werden müssten. »Dann obliegt es wohl mir, dich in die Künste einzuführen, wie man aus einem guten Stück Fleisch ein auf den Punkt gebratenes Steak zubereitet.«

Der Junge nickte.

Was blieb ihm auch anderes übrig. Einfach dieses Haus zu verlassen um sich die Blöße zu geben, dass er versagt hatte, wollte er um keinen Preis tun. *Apropos, Preis!*

Dem Jungen wurde es fast schwindelig, als er sich die Summe zusammenrechnete, die er hier binnen der nächsten 30 Tage verdienen könnte.

Die Summe war so gewaltig, dass er sich nicht einmal den Haufen realistisch vorstellen konnte, den 126000 Dollar mit sich brächten – eine Summe, von der er nie zuvor zu träumen gewagt hatte, sie je zu verdienen – in seinem ganzen, bisher beschissen verlaufenem Leben nicht!

Wenn er mal 50 Dollar in der Woche zur freien Verfügung gehabt hatte, dann war das schon eine Summe gewesen, die ihm glücklich machte.

Und jetzt das. Dieses unverschämte Glück! Ja, anders konnte sich der Junge diesen Zufall nicht erklären. Wäre er heute nicht mit zu *Glovers Pizza Emporium* gegangen, obwohl er es hasste, seine Zeit dort sinnlos totzuschlagen, hätte ihn nie das Glück ereilt, ausgerechnet heute »den Kürzeren« zu ziehen.

Ausgerechnet auf ihn war das Los gefallen. Er konnte sein Glück kaum fassen, geschweige denn zum Ausdruck bringen. Doch eines wusste er schon jetzt mit Sicherheit:

Egal, was in diesem Hause auch geschehen würde, nichts von alledem sollte jemals über seine Lippen kommen. Und erst recht wollte er Niemandem sagen, welch exorbitantes Honorar er für seine Dienstleistungen und Gefälligkeiten erhalten sollte.

War er nicht deswegen soeben angeheuert worden? Um diesem Typen egal welchen Wunsch von den Augen abzulesen um ihn glücklich zu machen?

Ich wäre jedenfalls zu jeder Schandtat bereit!

Doch der Mann schien es gar nicht darauf angelegt zu haben, irgendwelche unmoralischen Angebote zu unterbreiten. Stattdessen folgte er dem Mann in die Küche des Hauses, die mit vielen Extras ausgestattet war. Und eine ganz besondere Augenweide war der doppeltürige und in Edelstahloptik gehaltene Kühlschrank, der, so zeigte sich spätestens jetzt, in der Tat zum Bersten voll war mit allen möglichen Gefäßen und Schüsseln.

Eine *Tupperware-Party* wäre hier vollkommen überflüssig gewesen; schien dieser Mann doch ein reichhaltiges Sortiment an derlei Schüsseln sein Eigen zu nennen.

Mr Baker öffnete den Kühlschrank, den er erst heute Morgen mit frischen Waren bestückt hatte. Der Junge staunte nicht schlecht, wie reichhaltig das Angebot war. Dieser Vorrat an Fleisch würde seiner Meinung nach eine 4-köpfige Familie für mindestens einen Monat satt werden lassen. Daran bestand nicht der geringste Zweifel. Dennoch fragte sich der Junge, wo die Beilagen zu finden waren, als er sich in der Küche umsah. Doch außer einer ganzen Armada von Gläsern, in denen Wurstsorten wie Blut- und Leberwurst eingemacht waren, gab es nichts, was darauf schließen ließ, das es noch etwas anderes geben sollte als ein großes Stück Fleisch.

»Du bist mir doch kein Vegetarier, oder so was in der Art? Denn Gemüse wirst du um diese Jahreszeit nicht bei mir finden. In den Sommermonaten ernähre ich mich ausschließlich NUR von Fleisch«, sagte Mr Baker und stellte eine Schüssel auf die Kochinsel, in der zwei blutige Steaks lagen.

»Oh, nein, ich esse sogar sehr gerne Fleisch. Doch kommt Fleisch bei uns nur selten auf den Tisch«, sagte der Junge. und überlegte, weshalb es dieser Mann vorzog, ausgerechnet in den heißesten Monaten des Jahres ausschließlich Fleisch zu essen. Dann fiel es ihm plötzlich wie Schuppen von den Augen. Entweder fraß sich der Mann einen Vorrat an um gut gesättigt über den Winter zu kommen, so wie ein Bär, oder er wollte vermeiden, dass das Fleisch schlecht wurde, da er …

»Haben Sie das Fleisch selbst erlegt?«

»Bevor du mich ständig mit SIE ansprichst, wird es wohl Zeit, dir das DU anzubieten. Ich heiße Marlon!«, sagte Mr Baker und reichte dem Jungen seine Hand.

Der Junge schlug ein weiteres Mal ein und damit war

sein Schicksal nun endgültig besiegelt, dass wusste er.

»Na, schön, Marlon«, erwiderte der Junge, der nicht locker lassen wollte, wenn er erst einmal eine Frage gestellt hatte, die er gern beantwortet wusste. »Hast *du* das Fleisch selbst erlegt? Bist du ein Jäger?«

»So etwas in der Art. Ja, man könnte mich wohl als einen Jäger bezeichnen, einen Jäger, der auf Trophäenjagd ist. Oder auch ein Sammler! Sind wir nicht alle Jäger und Sammler, irgendwie?«

Doch der Junge wollte nicht näher darauf eingehen, was es mit den vermeintlichen *Trophäen* auf sich hatte. Lieber stellte er sich seinem Gastgeber und nun auch neuem Arbeitgeber vor:

»Ich heiße Jordan. Doch meine Freunde nennen mich alle nur Jordy!«

»Gut, Jordan! Dann wollen wir dir doch mal zeigen, wie ein gutes Steak zubereitet wird.«

Mr Baker suchte in einem Schrank nach einer rustikal anmutenden Bratpfanne, wie sie auch in teuren Restaurants verwendet wird. Es war eine gusseiserne Pfanne, die zwar schäbig aussah, doch das musste so sein, wie Marlon zu berichten wusste:

»Je dunkler die Pfanne wird, umso besser schmecken die Steaks, die du darin nur in etwas Schmalz schwenkst«. Marlon gab ein gutes Stück Schmalz in die Pfanne und erhitze sie auf dem Gasherd. Dann nahm er sich Jordan zur Brust und demonstrierte an seinem Handballen, worauf zu achten sei, wenn man wollte, dass das Steak innen noch schon blutig war.

»Wenn du hier auf diese Stelle drückst«, und Marlon drückte dabei zwischen Daumen und Zeigefinger der geschlossenen Hand des Jungen, »weißt du, wie sich das

Steak in der Pfanne anfühlen muss, damit es nicht zu gar wird.«

»Und was wollen wir zu den Steaks essen?«, fragte Jordan und konnte kaum glauben, dass er dafür so viel Geld erhalten sollte. Irgendwo musste es doch einen Haken geben. Vielleicht würde sich Marlon nicht länger charmant zeigen, wenn sie erst einmal in seinem Schlafzimmer wären …

»Wo bist du nur mit deinen Gedanken?«, fragte Marlon als er sich kurz von dem Jungen aber auch der Pfanne abwandte um drei Orangen aus einer Obstschale zu holen.

Jordan zuckte mit den Schultern. Er wollte Marlon nicht sagen, woran er gerade gedacht hatte. Allerdings waren Jordans Gedanken in seinem Gesicht abzulesen, da er erneut puterrot anlief.

»Hier muss dir nichts komisch sein. Sei ganz du selbst«, sagte Marlon und gab Jordan zu verstehen, dass er die Steaks aus der Pfanne nehmen sollte, »wir werden einen frischgepressten Orangensaft dazu trinken. Sicher hast du nicht gewusst, dass das Eisen des Fleisches nur dann von unserem Körper gut aufgenommen werden kann, wenn wir die Kohlenhydrate, wie Kartoffeln oder Nudeln beiseitelassen. Erst durch die Zugabe von Vitamin-C kann unser Körper das Eisen im Fleisch hervorragend aufnehmen und verwerten.«

Marlon klang fast wie ein Oberstudienrat, was aber nicht in seiner Absicht lag. Doch in Sachen Fleischzubereitung konnte er sich einfach nicht zurückhalten. Wie oft hatte er schon mit ansehen müssen, wie ein gutes Stück Fleisch in Margarine oder sonstigen Fetten angebraten wurde, oder wie es zu einem Stück Leder ausgebacken wurde, nur weil man das Blut nicht abhaben konnte, das sich auf dem Teller sammelte, sobald man das Steak anschnitt. Und erst die vielen andren Küchen-Fauxpas, denen er nicht länger stillschweigend zusehen wollte.

»Das wusste ich nicht«, sagte Jordan, auch wenn er es schon etwas komisch fand, ausgerechnet dafür bezahlt zu werden, mit Marlon zwei herrliche Steaks zu verspeisen.

Als der Orangensaft durch die Presse gefiltert worden war, schnappte sich Marlon die beiden Teller und stellte sie auf einen kleinen Tisch, der in der Küche stand.

»Gläser findest du in diesem Schrank«, sagte Marlon und deutete auf einen der vielen Oberschränke.

Jordan holte zwei Gläser aus dem Schrank und brachte den Krug mit dem Orangensaft an den Tisch.

»Und das soll also nun meine Aufgabe sein, dir Gesellschaft zu leisten?«

Natürlich zweifelte Jordan, dass ein Mann dazu bereit wäre, ihm eine derartige Summe zu bezahlen.

»Nicht ganz!«, sagte Marlon und nahm einen kräftigen Schluck aus seinem Glas.

Jordan bereitete sich schon einmal darauf vor, dass Marlon nun irgendeinen abartigen oder unmoralischen Wunsch hervorbrächte. Doch es kam ganz anders:

»Ich stecke zurzeit in Mitten eines neuen Projekts«, sagte Marlon und zeigte auf einen Stapel Papiere, die noch immer auf dem Wohnzimmertisch lagen – unberührt. »Ich habe einen Abgabetermin, den ich unbedingt einhalten muss … Und da kommst du ins Spiel. Ich möchte, dass du dich um alles kümmerst, was in den nächsten 30 Tagen im Haus so anfällt. Ich will, dass du hier für Ordnung schaffst, ich will, dass du mir zu den Essenszeiten ein köstliches Mahl servierst.«

Und Jordan wartete gespannt auf die Stelle, die Marlon wohl nur schwer über die Lippen brachte.

»Jetzt wo wir doch per Du sind, kannst du es mir ruhig sagen, was du von mir willst«, sagte Jordan und lächelte.

»Ich werde mir erst dann ein Urteil bilden, wenn du mir all deine Wünsche aufgezählt hast. Sollte einer dabei sein, der mir missfällt, werde ich aufstehen und – «

Marlon drückte seinen rechten Zeigefinger auf Jordans Lippen, was den Jungen somit zum Schweigen brachte.

»Es gibt nichts, was du mir nicht erfüllen könntest. Ich werde nichts von dir verlangen, wozu du dich nicht bereiterklärst, es ohne Zögern zu tun«, sagte Marlon und zog es anschließend vor, lieber schweigend den Rest seines Steaks zu genießen.

Auch Jordan begriff, dass es manchmal besser war, Dinge unausgesprochen zu lassen.

Nachdem die Teller geleert waren und sie Marlon in die Spülmaschine gestellt hatte, fragte Jordan sichtbar innerlich aufgewühlt:

»Und wo werde ich schlafen?«

»Na, wo schon? Natürlich hier unten, auf der Couch! Was hattest du gedacht, wo du die Nächte verbringen würdest?«

Jordan verstand die Welt nicht mehr.

Da meinte es offenbar jemand gut mit ihm. Doch warum?

Ein Typ der bereit war eine solche Summe zu bezahlen nur um seine Gesellschaft zu gießen, führte doch etwas anderes im Schilde, oder nicht? Immerhin sprachen sie hier von einem kleinen Vermögen, was der Mann für seine Gesellschaft auszugeben bereit war. Nochmals versuchte sich Jordan die gigantische Summe vorzustellen:

Am Ende des Monats würde er um 126000 Dollar reicher sein!

Jordan stellte jedoch mit keinerlei Wort in Abrede, dass die gesamte Summe auch ausbezahlt werden würde. Und so begann er von den vielen noch offenstehenden Wünschen zu träumen, als er sich auf der Couch schlafen legte.

STAY WHERE YOU ARE

E in ohrenbetäubender Lärm riss ihn jedoch nach wenigen Stunden aus dem Schlaf. Zuerst wusste er gar nicht, wo er die Nacht über geschlafen hatte. Es war keineswegs selten, dass er in einem fremden Bett erwachte. Der Wecker war jedoch gnadenlos. Er rappelte solange, bis ihn Jordan abstellte. Mit schlaftrunkenen Augen stellte Jordan fest, dass es gerade einmal 6 Uhr morgens war. Eigentlich eine Zeit, an der er niemals freiwillig aufgestanden wäre, und wäre er Zuhause aufgewacht, hätte er sich einfach auf die andere Seite gelegt um noch ein paar Stunden zu schlafen.

Doch dann erinnerte er sich plötzlich an alles. An den Deal, den er eingegangen war. An das viele Geld, dass er hier mit leichten Tätigkeiten verdienen konnte. Schlagartig war er hellwach. Er rief sich die wenigen Anweisungen in Erinnerung, die ihm Marlon noch aufgetragen hatte, bevor sie sich eine »Erholsame Nacht« gewünscht hatten:

»Frühstück um Punkt Sieben! Keine Minute später! Ich muss meinen Zeitplan einhalten. Du wirst alles in der Küche vorfinden, was es braucht, um ein deftiges Frühstück vorzubereiten.«

Die Anweisungen waren klar und verständlich gewesen. Er sollte sich fortan um das Leibeswohl eines Mannes kümmern, der in einem Projekt vertieft war. Jordan erspähte einen handgeschriebenen Zettel neben dem Wecker:

HEUTE HÄTTE ICH GERN RÜHREI MIT REICHLICH SPECK! SOBALD DU MIT DEINEN VORBEREITUNGEN FERTIG BIST, LÄUTE BITTE MIT DER GLOCKE, DIE IM WOHNZIMMER HÄNGT.

Jordan entdeckte die goldfarbene Glocke. Doch er hatte nicht die Zeit, um sich im Haus näher umzusehen. Schon in weniger als 43 Minuten würde ein hungriger Mann auf der Matte stehen und nach seinem Frühstück verlangen.

Jordan hatte seiner Mutter zwar schon oft dabei zugesehen, wie sie für ihn Rührei machte, doch er glaubte, dass das nicht allzu schwer sein konnte, ein paar Eier in die Pfanne zu hauen. Er stand vor dem riesigen Kühlschrank und suchte nach den Eiern; doch alles was er fand, war eine kleine Notiz:

FRISCHE EIER UND MILCH WERDEN JEDEN MORGEN GELIEFERT. SIE STEHEN VOR DER HINTERTÜR. P.S.: VERLASSE AUF KEINEN FALL DAS HAUS! STAY WHERE YOU ARE!

Jordan fragte sich, warum es Mr Baker so wichtig war, dass er das Haus in der Zeit, wo er hier sein würde, nicht verlassen sollte – er durfte ja noch nicht einmal einen Fuß über die Schwelle setzen. *Ob ich wohl unter Beobachtung stehe?* Anzunehmen war es! Somit wollte er nicht riskieren, schon heute gefeuert zu werden.

Er öffnete die Hintertür, die von der Küche aus auch den Weg hinaus in einen urwüchsigen Wald markierte. Dort standen bereits die Eier zu einem Dutzend sowie zwei Flaschen eiskalter Milch; ein Zeichen, dass der Milchmann erst vor kurzem hier gewesen sein musste.

Jordans Füße hafteten regelrecht auf dem kleinen Vorleger in der Küche, als er sich bückte um die Sachen aufzunehmen. Er wollte nicht einmal riskieren, auch nur mit einem Zeh über die Schwelle zu treten. Inständig hoffte er darauf, dass der Milchmann nie auf die Idee käme, die Sachen etwas weiter entfernt abzustellen, weil er vielleicht in Eile war. Auch fragte sich Jordan, ob Mr Baker zum Frühstück gern eine Zeitung las, die er vielleicht erst aus einem Gebüsch hervorklauben müsse, da der Zeitungsjunge sich einen Spaß daraus machte, nicht die Tür, sondern den großen Rhododendronbusch anzuvisieren.

Doch Jordan lag mit seiner Vermutung, Mr Baker hätte besseres zu tun, als ausgerechnet das Käseblättchen der Stadt zu lesen, goldrichtig. Denn als er einen Blick vor die Haustür warf, sah er weder eine Tageszeitung in einem der Sträucher noch irgendwo sonst liegen. Erleichtert schloss er die Tür und lief in die Küche zurück.

Ein Blick auf seine Armbanduhr sagte ihm, dass ihm noch genau 34 Minuten blieben, um Rührei mit Speck vorzubereiten. Aus einem der Oberschränke holte er eine Schüssel.

Insgesamt 8 Eier schlug er auf und gab noch etwas Salz und Pfeffer hinzu. Fast hätte er jedoch die wichtigste Zutat vergessen.

Er öffnete den Kühlschrank und suchte nach einer Packung mit Speck. Nicht nur eine Packung fand er, sondern gleich mehrere Schüsseln, die jedoch unterschiedlich beschriftet waren:

MAGERER SPECK (AUS DER HÜFTE GESCHNITTEN)
RAUCHSPECK (HÄTTE ETWAS MAGERER SEIN KÖNNEN)

Jordan dachte, das sich der magere Speck wohl am ehesten dazu eignete, ihn unter die Rühreier zu heben. Mr Baker hatte diesbezüglich keinen expliziten Wunsch geäußert. Außerdem glaubte Jordan, hier in der Küche so etwas wie »freie Hand« zu haben. Allerdings entdeckte er auch ein Kochbuch, das aufgeschlagen auf einer der Arbeitsflächen lag — es zeigte das Rezept um Sauerbraten einzulegen. Jordan schenkte dem Kochbuch aber keine allzu große Aufmerksamkeit.

Wie gesagt, ein paar Rühreier in die Pfanne zu hauen würde selbst ihm gelingen. Nachdem er etwas Butter in eine Pfanne gegeben hatte, gab er die aufgeschlagenen Eier und den mageren Speck hinzu.

Im oberen Stockwerk waren bereits erste Laute zu hören. Mr Baker würde sicherlich jeden Augenblick nach unten kommen und nach seinem Frühstück verlangen. Doch davon wollte sich Jordan unbeeindruckt zeigen. Er fühlte sich schon jetzt wesentlich sicherer als noch gestern Abend. Die anfängliche Aufregung hatte sich inzwischen in Wohlgefallen aufgelöst.

Keiner seiner Freunde würde ihm dies glauben. So viel Geld für derart leichte Tätigkeiten zu bekommen, war ein einziger Traum, aus dem er nicht vorzeitig erwachen wollte.

Allerdings gab es da eine Frage, die er beantwortet wissen wollte. Und so stellte er sie, als er die Glocke geläutet und Marlon Baker in seinem Morgenmantel nach unten gekommen war – noch bevor Mr Baker den ersten Happen essen konnte.

»Wie ist das eigentlich, wenn ich vorzeitig gehen will?«, begann sich Jordan langsam vorzutasten, »werde ich dann dennoch einen Teil der Summe bekommen? Werde ich meinen Lohn auch dann bekommen, wenn ich, sagen wir mal, nächste Woche gehen wollte?«

Marlon legte die Gabel beiseite und klatschte jäh in die Hände. Dann erst sagte er:

»Aber natürlich …, nicht!«

Jordan schluckte. Mit einer ähnlichen Antwort hatte er bereits gerechnet.

»Unser kleiner Deal sieht es vor, dass du bis zum Letzten des Monats bei mir bleibst um dich um alles zu kümmern was an Arbeit anfällt. Du hast mir deine Hand darauf gegeben. Solltest du also vorher gehen wollen, werde ich dich keineswegs daran hindern, nur bezahlen werde ich dich dann nicht«, sagte Marlon und schob den Teller von sich weg.

»Okay! Ich habe verstanden«, erwiderte Jordan, »ich werde hier bleiben, ganz gleich, was auch kommen mag, oder was auch immer du von mir verlangst!«

»Ach, wirklich? Würdest du wirklich alles tun, worum ich dich bitte?« Marlon zeigte sich beeindruckt.

Allerdings glaubte Jordan, dass er mit diesen Worten Marlon erst auf Ideen brachte. Hätte er seine Worte doch nur weiser gewählt. Doch er wusste, dass er alles geradewegs hinausposaunte, wie es ihm in den Sinn kam. Und jetzt war es ohnehin zu spät, seine Aussage zu revidieren.

Oder nicht?

Jordan versuchte es dennoch.

»Ich meine natürlich damit alle Arbeiten, die anfallen werden. Ich bin mir für Nichts zu schade. Ganz gleich, was auch gemacht werden muss, ich erledige es.«

»Ich denke, ich habe mir doch den richtigen ausgesucht«, sagte Marlon, doch legte er seine Stirn in Falten, als er nochmals auf den nicht geleerten Teller blickte.

»Allerdings musst du dich schon ein wenig mehr anstrengen. Deine Rühreier haben scheußlich geschmeckt. Eine Schande, dass du so viel Speck dafür verwendet hast, den ich jetzt entsorgen muss.«

»Apropos!«, sagte Jordan, da ihm gerade ein Gedanke kam. »Wie kann ich den Müll entsorgen, ohne das Haus zu verlassen? Ich habe die beiden schwarzen Tonnen hinter dem Haus gesehen. Doch um den Müll hinauszubringen, müsste ich über die Schwelle treten.«

»Nichts einfacher als das«, entgegnete Marlon, »du stellst den Müllsack einfach schon am Abend vor die Hintertür. Der Milchmann wird den Sack dann für uns in den Mülleimer werfen.«

»Okay!«

»Wichtig ist, dass du den Müll nie vergisst!«

»Okay!«

»Ich erwarte nichts Unmögliches von dir. Nur die Einhaltung von ein paar einfachen Anweisungen und Regeln. Womit wir auch gleich beim Thema wären, den Regeln in diesem Haus; dem *Modus Vivendi,* wenn du so willst! Ich habe mir erlaubt, dir eine kleine Liste mit deinen Aufgaben zu erstellen«, sagte Marlon und griff in die Tasche des Morgenmantels. »Sie hören sich vielleicht einfach an, doch der letzte Junge, der behauptete, diese Anweisungen und Regeln erfüllen zu wollen, ist an ihnen kläglich gescheitert.«

Jordan ging sofort eine Liste möglicher Kandidaten durch, die sich dieser Aufgabe hätten stellen können. Doch ihm war kein Junge aus der Stadt bekannt, der sich dieser Herausforderung gestellt hätte. In der Stadt war es nie Thema gewesen, dass man sich hier oben in der Mysteria Lane mit der Hausnummer 7 so einfach und unkompliziert eine Menge Geld verdienen konnte. Denn hätte er schon früher davon erfahren, Jordan hätte sich nie unter Wert verkauft. Jetzt gehörte er einem anderen. Wenigstens für die nächsten 29 Tage. Diese Zeit würde er hier wohl noch aushalten können. Warum auch nicht?

Jordan lag es zwar auf der Zunge, danach fragen zu wollen, was mit dem letzten Jungen geschehen war, der an dieser doch so simple wirkenden Aufgabe gescheitert war; doch er verkniff sich die Frage, da er vermutete, dies könnte ihn bei Marlon in Misskredit bringen.

Marlon gab Jordan zu verstehen, dass er die Liste erst lesen sollte, nachdem er sich wieder in sein Arbeitszimmer zurückgezogen hatte. Jordan kam auch dieser Aufforderung nach.

Und obwohl es noch eine Menge unausgesprochener Fragen gab, hielt es Jordan für klüger, besser zu schweigen.

»Ich bin mir sicher, dass du mich nicht enttäuschen wirst«, sagte Marlon und ging die Treppe hinauf, die zu seinem Arbeitszimmer führte. »Du solltest jedoch an deinen Kochkünsten arbeiten. In der Küche liegt ein Buch, dass du studieren kannst. Ich erwarte einen Lunch um Punkt 12!«

Nachdem Marlon in sein Arbeitszimmer verschwunden war, warf sich Jordan auf die große Couch vor dem Kamin und öffnete den Umschlag mit der Liste an Aufgaben, die er zu erfüllen hatte.

Jordan hatte ja keine Ahnung, was es bedeutete, sich auf dieses »Spiel« einzulassen. Denn nichts anderes sah Jordan in seinem Aufenthalt in diesem Haus.

Es wäre ein Kinderspiel, sich an die Regeln zu halten.

Es wäre ein Leichtes, allen Anweisungen gerecht zu werden. Und es wäre bestimmt auch ein Leichtes, am Ende des Monats mit gefüllten Taschen dieses Haus zu verlassen. Mit allem hatte Jordan gerechnet, nur nicht mit einer Liste, die sich über drei Blätter erstreckte. Marlon hatte nichts ausgelassen, was in einer Regel oder Anweisung zu Papier gebracht werden konnte. Sie hier alle aufzuzählen, würde den Rahmen des Kapitels sprengen.

Doch nur so viel sei an dieser Stelle gesagt: es waren exakt 126 Regeln und Anweisungen, an die sich Jordan ab sofort halten musste um am Ende des Monats den Jackpot zu knacken. *Jede einzelne Regel ist somit 1000 Dollar wert,* dachte Jordan.

Er hatte die drei Blätter ganze vier Mal durchgelesen. Erst jetzt erkannte er, dass es sicher nicht so einfach werden würde, ALLE aufgestellten Regeln auch einzuhalten. Zwar gab es so gut wie kein Verbot, doch die Regeln hatten es auch so faustdick hinter den Ohren. So durfte er beispielsweise Marlon niemals stören, er durfte, wenn er schon fernsah, dies nur in Zimmerlautstärke tun – und bekanntermaßen war der Begriff der Zimmerlautstärke eine reine Auslegungssache!

Und eine Sache, die Jordan anfangs noch als einfach abtat, sollte wohl zu seiner größten Herausforderung werden: Er musste sich in den kommenden 29 Tagen und Nächten wohl damit begnügen, die meiste Zeit des Tages allein »totzuschlagen«, so jedenfalls der exakte Wortlaut im gigantischen Regelwerk.

Um sich ein wenig abzulenken, machte sich Jordan daran, in der Küche aufzuräumen. Doch das angefallene Geschirr war in weniger als 15 Minuten gesäubert. Um die Zeit bis um kurz vor Elf im wahrsten Sinne des Wortes totzuschlagen, nahm sich Jordan der Lektüre des Kochbuchs an.

Das Kochbuch war ein in schwarzes Leder gebundenes Werk, das mit allerlei handschriftlichen Notizen versehen worden war. Im Grunde gab es kein Rezept mehr, dass Marlon nicht in irgendeiner Form modifiziert hätte. Mal waren ihm die Angaben der Gewürze zu vage gewesen, mal waren ihm die Methoden, wie das Fleisch eingelegt werden sollte, zu altbacken.

Jordan hätte es jedoch positiv begrüßt, wenn sich Marlon ein wenig mehr Mühe gegeben hätte, seine Handschrift auch leserlich wiederzugeben. Manchmal waren seine Randnotizen kaum zu entziffern. Eine Anweisung auf seiner langen Liste lautete jedoch:

ÜBERRASCHE MICH JEDEN TAG MIT ETWAS NEUEM, ETWAS SPEKTAKULÄREM! ICH WILL NICHT ZWEIMAL DAS GLEICHE IN EINER WOCHE ESSEN MÜSSEN, NUR WEIL DU VIELLEICHT DAVON AUSGEHST, ICH HÄTTE IN BEZUG AUF MEIN ESSEN KEINERLEI ANSPRÜCHE!

Jordan hatte sich bereits heute Morgen einen Überblick darüber verschaffen können, was ihm alles zur Verfügung stand – und was nicht. Er schätze die Fleischvorräte im Kühlschrank und der Gefriertruhe auf etwa 25 Kilogramm …

Für morgenfrüh hatte er sich zugleich selbst eine Notiz geschrieben, da er wusste, wie vergesslich er war, oder besser gesagt, wie oberflächlich. Das jedenfalls hatte er schon oft als eine seiner Charaktereigenschaften gehört, dass er zumeist ziemlich oberflächlich sei, und schon am nächsten Tag vergessen hätte, was er sich tags zuvor vorgenommen hatte.

Er konnte es sich aber nicht länger leisten, oberflächlich zu sein, und da kam ihm die kleine Schiefertafel in der Küche gerade recht, auf die er ab sofort alles notieren wollte um ja nichts zu vergessen.

Für den Sonntagabend hatte er jedenfalls einen Braten geplant. Auch bei ihnen Zuhause gab es an den Sonntagen immer eine ganz besonders große Portion Fleisch.

Allerdings konnte er sich noch immer nicht mit dem Gedanken anfreunden, in den nächsten 29 Tagen ausschließlich nur Fleisch zu essen.

Was war Marlon Baker nur für ein Mann, dass er dies von ihm verlangte: denn einer der Regeln besagte ganz deutlich, dass er bei jeder Mahlzeit mitessen musste – egal ob ihm dies nun schmeckte oder nicht. Und Jordan ahnte, das sich Marlon diesbezüglich auf keinen Kompromiss einließe.

Jordan rief sich die Bücher in Erinnerung, die dieser Autor bereits zu Papier gebracht hatte. Er selbst war zwar kein allzu begeisterter Leser, aber wenn man in dieser Stadt zur Schule ging, gehörten Marlon Bakers Bücher zur Pflichtlektüre. Waren doch alle in der Stadt auf ihren Ehrenbürger so stolz.

Es gab eigentlich kaum ein Buch des Autors, in der ihre Stadt nicht auch eine Rolle spielte – manchmal war die Stadt selbst sogar so etwas wie eine Hauptperson gewesen; dass hatte Jordan jedenfalls im Unterricht von Mrs Meyer gelernt, dass es auch manchmal eine Stadt sein kann, die eine Schlüsselrolle in einem Buch spielt. Spontan fielen Jordan aber nur zwei Bücher ein, die sie mal im Literaturunterricht von diesem Autor besprochen hatten:

Hallo, mein Freund
Der Autorenzirkel

Und Jordan wunderte sich, dass das Haus eines Schriftstellers nicht bis zur Zimmerdecke mit Büchern gefüllt war.

Das war ihm schon gestern aufgefallen, dass es so gut wie kein Buch in diesem Haus gab, obwohl Marlon Baker doch zu den ganz Großen seiner Zunft gehörte. Jordan wusste, dass Marlon Baker von einigen Kritikern auch schon mal »Fließband-Autor« genannt wurde, da er jedes Jahr mindestens drei oder vier Bücher hervorbrachte.

Vieler seiner Kollegen verstanden nicht, wie es ihm möglich war, derart viele doch so unterschiedliche Bücher hervorzubringen. Einige behaupteten sogar, er ließe sich von einer Bande Ghostwritern helfen. Doch Jordan hatte jetzt die Gewissheit, dass dem nicht so war. Jedenfalls hatte er niemanden kommen hören, der Marlon Baker hätte helfen können. Stattdessen waren die permanenten Anschläge auf einer elektronischen Schreibmaschine alles, was in diesem Haus zu hören war.

Und solange die Schläge der Buchstaben auf das Papier zu hören waren, wusste Jordan, dass Marlon nicht nur vor einem Blatt Papier saß, das mit Inhalt gefüllt werden wollte, sondern dass er auch keine Schreibblockade aussaß; von denen so viele Autoren klagten, sie seien davon betroffen, als wäre es eine Art Berufskrankheit – ein Virus, der dich jederzeit befallen kann!

Nein, Marlon Baker schien mal wieder infiziert worden zu sein von einer Idee, die er recht zügig zu Papier brachte.

Jordan wusste es aus einem Magazin, dass Marlon Baker auch schon mal 20 Seiten und mehr an nur einem einzigen Tag zu Papier brachte, ohne dabei darauf zu achten, auch ja die richtigen Worte zu finden. Jordan wusste, dass Marlon Baker einen Scheiß darauf gab, wie andere Autoren sich oft abquälten, nur um eine schöne Formulierung oder ein wohlklingendes Wort in den Text aufzunehmen. Nein, Marlon Baker war auch diesbezüglich eine Ausnahmeerscheinung – ein Sonderling gar!

Ein Romanvorhaben von etwa 500 Buchseiten tippte er fast gänzlich ohne Fehler in nicht weniger als 3 oder 4

Wochen runter. Und Marlon Baker ärgerte sich dann immer, wenn Lektoren sich über Monate hinweg Zeit ließen, seine Arbeiten zu lesen, oder auch in »die richtige Form« zu bringen. Dabei hatte er seine Texte stets schon ins Reine geschrieben, doch diesen Umstand seinen Lektoren klar zu machen, war nicht immer einfach.

Jordan wünschte sich, er könnte nur ansatzweise so gut schreiben, wie dieser Mann, dessen Gast er nun war – vielleicht war er sogar so etwas wie seine Muse, würde am Ende noch ein Teil des neuen Romans werden. Er nahm sich vor, Marlon darauf ansprechen zu wollen, an welchem Projekt er arbeitete.

Seine Aufsätze waren immer daran gescheitert, dass er das Thema verfehlte, oder dass Mrs Meyer einfach nicht verstehen wollte, was er zu Papier gebracht hatte. Jordan überlegte, ob er vielleicht die kommenden 29 Tage dazu nutzen sollte, ebenfalls an einer Geschichte zu arbeiten. Allerdings lag sein Notizblock im Kofferraum des Autos, dessen Zündschlüssel er nicht einmal abgezogen hatte, wie er sich in Erinnerung rief. Ob ihm Marlon eine Ausnahme gewähren würde, um wenigstens das Auto abzuschließen und um seine Sachen aus dem Auto zu holen?

Nein! Besser wäre es, Marlon nach etwas Papier zu fragen. Und ein paar frische Klamotten könnten auch nicht schaden.

Nachdem Jordan geduscht und sich in seine verschwitzten Sachen hineingequält hatte, bereitete er den Lunch vor. Dazu hatte er sich vorgenommen, Burger zu machen, auch wenn er weder Brötchen noch Tomaten oder Gurken zur Hand hatte. Doch sein Einfallsreichtum war groß genug, um selbst Marlon mit seiner Kreation zu beeindrucken.

»Selten habe ich einen so köstlichen Burger gegessen«, sagte Marlon, nachdem er seine Portion vollends aufgegessen hatte. Jordan glaubte, wegen des gelungenen Lunches so etwas wie einen Bonus- oder Pluspunkt erzielt zu haben, und ließ sich daher nicht länger bitten, seinen Wunsch nach Papier hervorzubringen:

»Ich würde meine freie Zeit gern konstruktiv nutzen und etwas zu Papier bringen wollen, was ich schon lange mal niederschreiben wollte. Ich trage diese Idee jetzt schon seit zwei Jahren mit mir rum.«

»Inspiriert dich die Umgebung, oder vielmehr dein Aufenthalt in meinem Haus? Wusstest du, dass die meisten meiner Romane an diesem Ort entstanden sind? Jedes Jahr im Sommer komme ich hierher um ein weiteres Meisterwerk zu schreiben«, sagte Marlon und lief hinüber zu einem antik anmutenden Sekretär, aus dem er einen Schreibblock holte.

Jordan nahm den Block dankend entgegen.

»Allerdings möchte ich nicht, dass du mir von deiner Idee erzählst, solange ich meine Geschichte nicht vollendet habe. Es würde mich nur auf dem Konzept bringen. Selten habe ich so fließend schreiben können, wie im Augenblick«, sagte Marlon und machte bereits Anstalten, wieder nach oben gehen zu wollen.

»Die Schriftstellerei ist ein ziemlich einsamer Job, nicht wahr?«, erlaubte sich Jordan zu sagen. »Aber lag meine Aufgabe nicht auch darin, dir Gesellschaft zu leisten? Die meiste Zeit des Tages verbringst du jedoch in deinem Arbeitszimmer. Ich dachte, wir würden – «

»Was?«, stellte Marlon in den Raum und hatte inzwischen schon die Galerie des oberen Stockwerks erreicht, von der aus man das Wohnzimmer überblicken konnte.

»Das wir unendliche Diskussionen auf Kosten meiner kostbaren Zeit führen würden? – Nun, immer sonntags pausiere ich, vorausgesetzt natürlich, dass es mich nicht an meinen Schreibtisch zieht. Denn mit dem Schreiben von Büchern ist das so eine Sache. Nicht du schreibst die Geschichten, oder suchst sie dir aus ... *Sie wählen dich aus, um von dir auf die Welt gebracht zu werden.* Du bist daher also ihr geistiger Vater, zugleich aber auch ihr Geburtshelfer. Und manchmal gehst du mit einer Geschichte ziemlich lang schwanger, bevor es dazu kommt, dass die Wehen einsetzen.«

Jordan zeigte sich zutiefst beeindruckt. Von dieser Seite aus hatte er die Schriftstellerei noch nie gesehen. Also waren es gar nicht seine eigenen Ideen, die er zu Papier brachte. Vielmehr waren es Geschichten, die davon überzeugt waren, ausgerechnet von ihm »geboren« zu werden.

Jordan machte sich gleich daran, erste Zeilen niederzuschreiben. Er war allerdings noch Meilenweit davon entfernt, behaupten zu können, ihm würde es leicht fallen, seine Gedanken zu Papier zu bringen. Obwohl – es waren im Grunde ja nicht mal seine Gedanken, wenn er Marlon richtig verstanden hatte. Letztendlich war es doch so, dass er nur das aufschreiben würde, was bereits gedacht worden war. Oder nicht?

Nach einer knappen Stunde schien sich Jordan jedoch bereits leergeschrieben zu haben. Jedenfalls kam es ihm so vor. Warum war es nur so schwer, eine Geschichte aufzuschreiben, jedoch ein Leichtes, sie in seinem Kopf bildhaft werden zu lassen?

Wenn es doch nur eine Apparatur gäbe, die meine Gedanken aufzeichnen könnte, dachte Jordan. *Dann bräuchte ich mich nur hinzulegen und zu träumen.*

Glücklicherweise hatte sich Jordan den Alarm an seiner Uhr gestellt, denn sonst hätte er doch glatt den nächsten Termin verschlafen. Den gesamten Nachmittag über war er in einem tiefen Schlaf versunken gewesen, den er sich damit erklärte, dass er heute Morgen schon so früh aufgestanden war. Für gewöhnlich brachte ihn nichts vor 10 Uhr aus den Federn, wenn es Ferien waren. Doch diese Sommerferien würden sich fortan anders gestalten, als wie er sie sich vor wenigen Tagen noch farbenfroh ausgemalt hatte.

Plötzlich gab es da diese Regeln, diese Anweisungen, denen er alle gerecht werden musste. Jordan fragte sich, ob er sich vielleicht mit dieser Aufgabe übernommen hatte. Jetzt waren noch nicht einmal zwei Tage vergangen, und schon jetzt begann er sich zu langweilen. Daher konnte er es kaum noch erwarten, einen ganzen Tag mit Marlon zu verbringen – vorausgesetzt natürlich, dass nichts Unvorhergesehenes geschehen würde …

Zuhause war das abendliche Familienessen immer der beste Zeitpunkt gewesen um irgendetwas anzusprechen, das einem auf der Seele brannte. Würde es auch hier so einfach sein, mit Marlon über Dinge zu sprechen, die er sich noch vor wenigen Tagen nicht getraut hätte, mit einem Fremden zu bereden?

Doch Marlon Baker, Kult-Autor so mancher Bücher, war längst kein Fremder mehr für ihn. Auf irgendeiner geheimnisvollen Weise hatte Jordan zu dem Mann Vertrauen geschöpft; auch wenn er noch immer nicht gänzlich ausschließen konnte, eines schönen Tages nun doch nach Gefälligkeiten aufgefordert zu werden, die ihm missfallen würden. Doch schon gestern hatte er beschlossen, alles zu tun, was nötig sei, um sich diesen Batzen Geld nicht entgehen zu lassen. Ganz gleich wonach ihn Marlon auch bitten würde, er würde die Zähne zusammenbeißen und da durch gehen. Er konnte sich nicht einmal mehr vorstellen, jetzt noch einen Rückzieher zu machen.

»Arbeitest du denn auch nachts? Ich meine, wann machst du mal eine schöpferische Pause?«, brachte Jordan hervor, nachdem das Abendessen kommentarlos verspeist worden war.

Es hatte jedoch hin und wieder ein Lächeln gegeben. Ein Zeichen dafür, dass das Essen trotz mangelnder Kochkunst gut bei Marlon ankam. Oder nicht?

»Von welchen schöpferischen Pausen sprichst du da?«

»Nun ja, du wirst doch wohl kaum rund um die Uhr vor deiner Schreibmaschine sitzen?!«

»Wer sollte mir das verbieten wollen?«

»Oh! – Ich verstehe! Dann wirst du also auch nachher noch weiterarbeiten?«

Marlon schüttelte den Kopf.

Jordan interpretierte dies als ein klares »Nein!«

»In den Abendstunden ziehe ich es vor, mich etwas zu zerstreuen. Allerdings musst du dich heute damit begnügen, wieder alleine zu bleiben. Ich werde meinen Text noch einmal Korrektur lesen müssen, bevor ich ihn dann beiseite lege um mich auf das nächste Kapitel vorzubereiten.«

Ja, auch von so etwas hatte Jordan bereits über Marlon Bakers Beharrlichkeit, einen Text möglichst rasch niederschreiben zu wollen, lesen können. In einem Magazin hatte einmal Marlon Baker in einem seiner äußerst seltenen Interviews behauptet, dass er täglich jeweils ein Kapitel zu Papier brächte, bevor er sich dann zur Ruhe legen und von den weiteren Entwicklungen der Handlung träumen würde. Und nichts in der Welt war dem Autor wichtiger, als seine nächtlichen Phantasiereisen zu den Orten, an denen sich seine Geschichten abspielten.

»Und du? Was hast du heute zu Papier gebracht? Wie ich sehen kann, hat es viele Anläufe gebraucht, bevor du«, und Marlon zeigte auf den kleinen Papierkorb, den sich Jordan neben den Küchentisch gestellt hatte, an dem er auch geschrieben hatte. »Vielleicht solltest du dir ein Refugium schaffen, ein Ort, an dem es sich besser arbeiten lässt, als an einem Küchentisch!«

»Ein Refugium?«

»Ja! Auch mein Arbeitszimmer ist ein Refugium, ein Ort, an dem ich mich zurückziehen kann um ungestört zu arbeiten.«

»Okay! Ich werde mir einen Ort suchen, an dem das möglich ist«, sagte Jordan und blickte sich hilfesuchend in dem Haus um.

Allerdings hielt das Haus im unteren Bereich nur wenige Möglichkeiten bereit, sich hier ein Refugium zu schaffen. Das Wohnzimmer und die Küche waren nahezu ein Raum, und Jordan hatte keine große Lust, sich einen solchen Ort im Badezimmer zu schaffen. Was ihm auch gleich in Erinnerung rief:

»Wegen meiner Sachen«, sagte Jordan und überlegte, welches Argument es rechtfertigen würde, ein letztes Mal zum Auto gehen zu dürfen. »Ich kann doch unmöglich immer nur die gleichen Sachen tragen.«

»Keiner zwingt dich dazu!«

»In meinem Rucksack habe ich ein paar Sachen.«

»Und wo befindet sich dein Rucksack?«

»Tja, im Kofferraum – « Jordan ahnte, dass er bereits ein falsches Wort über seine Lippen gebracht hatte und verstummte augenblicklich.

»Wie du siehst, war es ein Fehler, unvorbereitet in dieses Haus zu kommen.«

»Aber ich hatte es doch nicht wissen können – «

»Was? Das du länger bleibst?« Jordan zuckte mit den Schultern. Er wusste nicht, wie er darauf antworten sollte.

»Warum trägst du einen Rucksack bei dir, der darauf schließen lässt, dass du vorhattest, Reißaus zu nehmen? – Vor wem läufst du davon, Jordan?«

»Vor niemandem«, log Jordan, der sich nicht erklären konnte, wie es Marlon angestellt hatte, um den Inhalt seines Rucksacks zu wissen. Allerdings wollte er Marlon nicht darauf ansprechen. Denn das hätte nur zur Folge, dass er sich hier rechtfertigen müsste. Jordan wollte dieses Thema aber so schnell wie möglich vom Tisch wissen. Er wollte sich nicht offenbaren. Nicht hier, nicht jetzt, und schon gar nicht vor Marlon Baker, dessen Ikonenhaftes Bild allmählich die ersten Kratzer erhielt. Denn so hatte sich Jordan die Begegnung mit *IHM* nicht vorgestellt. Doch sollte Jordan ihm sagen, wie sehr er ihn bewunderte, wie sehr er sich in seinen Bücher wiederfand – und wichtiger noch: verstanden fühlte?

Nein! Nicht zu diesem Zeitpunkt. Wenn er sich schon einem Menschen offenbaren wollte, so sollte dies unter anderen Umständen geschehen. Jordan wollte nichts zwischen Tür und Angel besprechen; denn Marlon geizte auch heute wieder mit seiner Anwesenheit und ungeteilter Aufmerksamkeit. Kaum war ihr kleines Gespräch beendet, zog es Marlon auch schon wieder nach oben, in sein kleines Reich, dass Jordan auf keinen Fall betreten durfte.

Doch Jordan bereute nicht, sich auf dieses Spiel eingelassen zu haben. Denn am Ende dieses Spiels würde er als Gewinner das Haus verlassen. Das stand völlig außer Frage.

Der innere Schweinehund

Wer von den beiden am nächsten Morgen mehr überrascht war, mag mal dahin gestellt sein. Allerdings zeigten sich gleich beide schockiert darüber, dass sie in nur einem Bett aufwachten.

Jordan schoss es gleich durch den Kopf:»Ist mir etwa der Rotwein gestern Abend nicht bekommen, oder mir zu Kopf gestiegen? Oder hat Marlon die Situation schamlos ausgenutzt, dass ich kein Alkohol vertrage?«

Und auch Marlon wog die Möglichkeiten ab, die es seiner Meinung nach bewirkt haben konnten, dass jetzt dieser Junge neben ihm lag – und zwar splitterfasernackt!

»Er ist ein Stalker, ganz bestimmt sogar! Er ist einer dieser hartnäckigen Fans, die du am liebsten im See ertränken würdest. Der will mich bestimmt nur in eine emotionale Falle tappen lassen, die dann zuschlägt, wenn ich es am wenigsten erwarte.«

»Ob ich Schlafgewandelt bin?«, versuchte indes Jordan herauszufinden. Es wäre nicht zum ersten Mal vorgekommen, dass er am nächsten Morgen nicht wusste, wie er in ein fremdes Bett kam. Vorsichtig ließ er seine linke Hand unter dem Bettlaken über seine Männlichkeit gleiten.»Auch das noch!«

Wenn ihn Marlon jetzt auffordern würde, fluchtartig das Zimmer, ja sogar das Haus zu verlassen, wüsste er nicht, wie er sich verhalten sollte, geschweige denn was er sich überziehen sollte, da er nirgends seine Sachen sehen konnte.

»Du überraschst mich«, sagte Marlon mit schwacher Stimme.

Er war noch immer davon geplättet, dass dieser Junge neben ihm lag, und nicht unten im Wohnzimmer auf der Couch.

»Ich …, ich …, kann mir gar nicht erklären, wie ich hierhergekommen bin«, stammelte Jordan und setzte alles daran, die richtigen Worte zu finden.

»Na, wahrscheinlich zu Fuß!«, sagte Marlon und lachte. »Denn ich habe dich bestimmt nicht hier rauf getragen und in mein Bett gelegt. Wie käme ich auch dazu?«

»Manchmal …, manchmal passiert es, dass ich im Schlaf umherlaufe«, versuchte Jordan händeringend eine Lösung zu offerieren.

»Dein Glück, das es heute Sonntag ist. Denn du hast damit gegen Regel Nummer 86 verstoßen, was ich dir aber nochmals verzeihen werde«, sagte Marlon und schlug die Bettdecke nach hinten. »Und was ist das, bitteschön? Entweder freust du dich nur, mich zu sehen, oder es gibt heute wohl Eiweiß in Stangenform!«

Marlon stand nackt vor dem Bett.

Jordan wurde puterrot. Nicht zuletzt deshalb, weil er Marlon unglaublich erotisch fand. Obwohl Marlon jetzt schon über 40 Jahre alt war, hatte er sich sein jugendlichen Aussehen und seinen schlanken Körper bewahren können, den er, nach eigenen Aussagen, nie mit Sport gequält hatte. Allerdings wusste er nicht, wie er auf seinen schwarzen Humor erwidern sollte.

Und es war doch ein Witz gewesen, oder nicht? Marlon warf dem Jungen seinen Morgenmantel zu, den er auffing und sich überlegte. Dann ging er, ohne ein weiteres Wort zu verlieren, in das Badezimmer.

Jordan überprüfte währenddessen – sofern dies überhaupt (noch) möglich war – ob in der letzten Nacht irgendetwas zwischen ihnen »gelaufen« war. Vorstellbar wäre es durchaus. Zuerst fühlte er an seinem Anus. Doch niemand war dort in den letzten Tagen bei ihm eingedrungen. Das »letzte Mal« hatte er jedoch noch in schmerzhafter Erinnerung. Dieser Mistkerl hatte es nicht so nett mit ihm gemeint, wie dieser Typ, der anscheinend damit überfordert war, dass er neben ihm die Nacht verbracht hatte. Und die 50 Dollar, die ihm der Mistkerl für seine »Dienste« bezahlt hatte, rechtfertigten in keiner Weise, wie grob er mit ihm umgegangen war.

Vielleicht sollte er darüber ein Buch schreiben. Ein Enthüllungs-Roman, über all die Drecksäcke, die ihm mehr Leiden und Qualen einbrachten als Geld.

Jordan wollte es gar nicht glauben, das in der letzten Nacht nichts geschehen sein sollte. Doch auch eine Überprüfung seiner Vorhaut, aber auch dem Bettlaken, brachte keine verwertbaren Spuren hervor.

»Komisch!«, dachte Jordan, »da liege ich splitterfasernackt neben einem Typen, von dem die gesamte Welt weiß, dass er nichts anbrennen lässt, wen sich ihm eine Gelegenheit bietet, und mich rührt er nicht an, als ob ich mit Pestbeulen übersäht wäre.«

Jordan wollte es jedoch nicht gänzlich ausschließen, dass er Marlon Baker durchaus gefiel. Vielleicht wollte es der Autor zur Abwechslung mal etwas ruhiger angehen lassen, statt sich wie eine »wildgewordene Bestie« auf ihn zu stürzen.

Schließlich hätte Marlon Baker noch alle Zeit der Welt, um sich ihm zu nähern. Noch 28 Tage und Nächte sollte er in diesem Haus verweilen, oder besser gesagt, langweilen. Schlagartig kam Jordan seine Verpflichtung in den Sinn, die er eingegangen war. Schon jetzt hätte er nur noch 12 Minuten Zeit um ein Frühstück zu improvisieren.

Als Jordan im Morgenmantel gehüllt die Küche betrat, kam ihm eine Idee, die er sicher bei jedem anderen sofort in die Tat umgesetzt hätte. Bislang hatte er es sich schon ganze vier Mal getraut, über seinen Schatten zu springen um seinem Auftraggeber im wahrsten Sinne des Wortes zu *überraschen*.

Und war das letztendlich nicht auch sein Auftrag, Marlon jeden Tag aufs Neue mit etwas zu überraschen, dass er aus den vorhandenen Zutaten »zaubern« konnte?

Wenn die Situation doch nur nicht so unglaublich verzwickt wäre – schließlich war er noch immer in Erklärungsnot, wie es dazu gekommen war, dass er neben ihm gelegen hatte – hätte Jordan seine Idee an Ort und Stelle umgesetzt: Er hätte sich eine rote Schleife um seinen Hodensack gebunden, sich auf dem Tisch geräkelt, und sich »vernaschen« lassen …

Allein schon der Gedanke daran sorgte dafür, dass er seine Morgenlatte nicht so schnell loswerden konnte, wie es eigentlich üblich gewesen war. Seine Lust hatte sich aber spätestens dann verloren, als er aus dem Bett krabbelte, seine sieben Sachen zusammenkramte, und das Haus in aller Stille verlassen wollte …

Doch jetzt stand er vor dem Problem, binnen kürzester Zeit ein angemessenes Frühstück auf den Tisch zu bringen. Denn würde er dieser Verpflichtung nicht nachkommen, würde er gleich mehrere Regeln aber vor allem auch das in ihm gesetzte Vertrauen brechen. Und seiner Meinung nach hatte er sein Glück für heute schon genügend überstrapaziert.

Jordan hörte, wie Marlon allmählich die Stufen hinunterkam. Jetzt war sein Improvisationstalent gefragt – mehr denn je!

Vor der Hintertür nahm er die Eier und die Flaschen auf, obwohl er sich darüber wunderte, dass dieser Service selbst an einem Sonntag von einem Milchmann angeboten wurde. Für gewöhnlich war der Sonntag der einzige Tag der Woche, an dem es keine frischen Eier und Milch gab. Jedenfalls nicht bei ihnen. Nicht in St Albans. Aber bei Marlon würde der Milchmann sicherlich eine Ausnahme machen. Ja, so musste das sein! Wenn man erst einmal berühmt und reich war und einem die Leute kannten und schätzten, würden sich auch alle »verbiegen« um Marlon nicht vor den Kopf zu stoßen, dass so manche Dienstleistung eben nicht sonntags verfügbar war.

»Zuerst einmal darf ich dich bitten, dich aus meinem Lieblings-Morgenmantel zu schälen. Er war lediglich nur eine Leihgabe, weiter nichts. Du kannst diesen hier tragen«, sagte Marlon und meinte es offensichtlich ernst damit, dass Jordan vor seinen Augen den Morgenmantel abstreifen sollte, wie eine zur Last gewordene alte Haut.

Jordan zögerte nicht, auch wenn er es für unnötig hielt, sich ausgerechnet hier und jetzt nackt zu präsentieren. Hatte Marlon vielleicht seine Gedanken lesen können? Seine Idee, die er jedoch schnell wieder verworfen hatte, als ihm klar wurde, wie absurd dies aussehen musste?

Schnell waren die Fronten geklärt. Marlon gab zu verstehen, dass er sehr an diesem Morgenmantel hing. Und für Jordan würde es auch dieser etwas in die Jahre gekommener Bademantel tun, der sicher schon vielen »Knackärschen« einen Schutz geboten hatte. Jordan musste lachen, als er sich ausmalte, wer wohl schon alles in diesem blauen Bademantel gesteckt hatte. Er roch jedenfalls äußert »sinnlich« – um es mal vorsichtig zu umschreiben, so dass Jordan die wilde Mischung aus gleich so vielen Düften fast die Sinne raubte. Es war ein sonderbarer Cocktail aus Parfüms, die Jordan nur dadurch kannte, dass er sie an so vielen unterschiedlichen Körpern gerochen hatte. Und er wusste, dass ein Parfüm auf jedem Körper anders roch – einzigartig.

Einen Tag in diesem Bademantel, und er würde wie jener Typ riechen, der ihm vor wenigen Wochen fast zum Verhängnis geworden wäre. Doch darüber wollte er nicht sprechen. Stattdessen versuchte er ein Gespräch beginnen zu wollen, das nicht gleich wieder damit enden würde, dass sich Marlon in sein Bereich des Hauses verzog.

»Für heute Abend habe ich einen Braten geplant. Ich habe ihn bereits eingelegt, in einer Marinade, dessen Rezept ich in dem Kochbuch fand. Du hast dieses Rezept mit einem Ausrufezeichen markiert. Darf ich also davon ausgehen, dass du Sauerbraten magst?«

»Es ist mir eine Leibspeise«, sagte Marlon in einem überraschend, gutgelauntem Ton.

Jordan hätte aber auch akzeptiert, wenn Marlon sauer auf ihn gewesen wäre. Schließlich hatte er noch immer keine plausible Erklärung parat, weshalb er neben ihm wach geworden war.

Doch es schien, als hätte Marlon anderes im Sinn, als zu ergründen, warum dieser Junge neben ihm geschlafen hatte.

»Und was wollen wir heute unternehmen?«, fragte Jordan mit leiser Stimme, der immer noch der Meinung war, dass er etwas gutzumachen hatte – wie-auch-immer sich das bewerkstelligen ließe. Doch er war froh, dass er Marlon offenbar nicht verärgert hatte.

»Wir?«, sagte Marlon und schmunzelte. »Gibt es denn schon ein WIR, oder müssen wir uns noch einander annähern?«

»Keine Ahnung! Ich dachte, wir könnten heute mal einige Zeit gemeinsam verbringen, um …, keine Ahnung, was immer du auch unternehmen willst, es soll mir recht sein.«

»Was für ein verlockendes Angebot du mir doch machst. Und das schon am dritten Tag deines Aufenthalts. Bei deinem Vorgänger hatte es über zwei Wochen gedauert, bis er mir dieses Angebot unterbreitete. Offenbar war es ihm dann doch zu langweilig geworden, seine Tage und Nächte allein zu verbringen«, sagte Marlon und grinste, da er offenbar an die Zeit zurückdenken musste, an dem er Jordans Vorgänger die Möglichkeit gegeben hatte, sich diese unverschämt hohe Summe zu verdienen.

»Hat er es denn geschafft? Ich meine, hat er es bis zum Ende durchgezogen?«

»Zu meinem großen Bedauern hat er die Flinte noch am vorletzten Abend ins Korn geworfen. Dabei war ich mir bei ihm so sicher gewesen, dass er es bis zum bitteren Ende durchziehen würde«, sagte Marlon und wurde plötzlich ernster. »Aber du hast doch nicht etwa vor, mich zu enttäuschen? Oder doch?«

»Nein, das habe ich nicht vor«, sagte Jordan, auch wenn er sich nicht vorstellen konnte, aus welchem Grund der andere versagt haben sollte. »Ich werde die Sache durchziehen. – Ich wäre doch bescheuert, mir diese Gelegenheit entgehen zu lassen, soviel Geld auf einmal zu verdienen.«

»Ach! Dann kommt es dir also nur auf das Geld an?«

»Nein! So war das nicht gemeint. Natürlich ist mir auch das Geld wichtig. Aber noch viel wichtiger ist es mir, die kommenden vier Wochen hier bleiben zu dürfen«, sagte Jordan, ohne auch nur mit einem Wort zu verraten, warum das für ihn so wichtig war.

»Komisch! Aber noch am Freitagabend wolltest du am liebsten zu deinen Kumpels zurückkehren«, sagte Marlon und griff nach Jordans rechter Hand. »Was hat dich umgestimmt?«

»Ich weiß nicht genau. Vielleicht die Herausforderung mal was komplett Außergewöhnliches zu tun. Nicht alle Tage bekommt man das Angebot, bei einem im Haus bleiben zu dürfen – «

»Der zudem noch reichlich tief dafür in seine Taschen greifen muss«, beendete Marlon für Jordan den Satz.

»Ich weiß nicht, was mir wichtiger ist«, erwiderte Jordan, »das viele Geld oder die Erfahrungen, die ich hier machen kann.«

»Du willst hier Erfahrungen machen?«

»Nun ja, bis vor kurzem hatte ich nicht einmal eine Ahnung vom Kochen. Und jetzt traue ich mir sogar zu, einen Sauerbraten für dich zu kochen. Was soll das anderes sein, wenn nicht eine Erfahrung, die ich anderenorts nie gemacht hätte«, sagte Jordan und glaubte, damit geradewegs ins Schwarze getroffen zu haben. Hatte er vielleicht sogar Marlons Herz berührt – auf irgendeine Art und Weise, die der Autor nur nicht zugeben wollte?

»Ich bin mir ziemlich sicher, dass du ein ganz anderer Mensch sein wirst, wenn du in vier Wochen mein Haus verlassen musst«, sagte Marlon und wusste offenbar um die Härte, wie seine Worte bei diesem Jungen wirken mussten. Daher schob er zugleich hinterher:»Das jedoch sollte dich keineswegs traurig stimmen. Denn bislang hat es noch niemand geschafft, dieses Haus nach Ablauf der Frist zu verlassen, ohne das ...«

Eine bedeutungsschwangere Stille legte sich über sie, während Marlon offensichtlich nach den passenden Worten suchte, um Jordan zu berichten, wie es sein würde, dieses Spiel auch zu Ende zu bringen.

»Naja, ich gehe jedenfalls davon aus, dass du nicht vorher schon ins Gras beißt! Bitte verstehe das nicht falsch, aber viele können nicht damit umgehen, diese lange Zeit auf sich allein gestellt zu sein. Einmal ist ein Junge derart verrückt geworden, dass es besser war, mich von ihm zu trennen.«

Allmählich dämmerte es auch Jordan, das dieses Spiel, so einfach es sich auch anhörte, durchaus seine Tücken hatte. Einen kleinen Vorgeschmack von dem, wie es werden würde, die Tage und auch Nächte allein in diesem Haus zu verbringen, sollte sich spätestens morgen früh einstellen, wenn Marlon nicht mehr so gesprächig sein würde, dass er dem Jungen gleich mehrere Stunden seiner kostbaren Zeit schenkte.

Doch Jordan versuchte heute seine Akkus aufzuladen. Jeden einzelnen Augenblick, in dem er mit Marlon auf der Couch saß und in Gespräche vertieft war, nutze er dazu, seine Reserven aufzutanken. Allerdings graute ihm jetzt schon davor, ab morgen wieder allein auf sich gestellt zu sein. Jedenfalls die meisten Stunden am Tage, an denen er nichts mit sich anzufangen wusste.

Das war schon immer sein größtes Problem gewesen, wenn er es denn überhaupt als ein Problem sehen und anerkennen wollte: dass er nicht in der Lage war, die vielen Stunden des Tages zu nutzen um irgendetwas Konstruktives auf die Beine zu stellen.

Zwar hatte sich Jordan vorgenommen, die Tage hier nicht sinnlos verstreichen zu lassen, aber den »inneren Schweinehund« zu überwinden, konnte manchmal anstrengender sein, als wie ein Wirbelwind durch Haus zu blasen um die vielen Regale und Schränke von ihrem dicken Staub zu befreien.

Allein der dicke Staub zeugte davon, dass der Vorgänger nicht einmal zum Putzen bereit gewesen war, obwohl das Regelwerk dies eindeutig vorsah: Regel 46 bis 52 sahen unmissverständlich vor, dass Jordan das Haus nicht verkommen lassen durfte. Und so wie es schien, war in diesem Haus in den letzten Wochen und Monaten nur äußerst spärlich geputzt worden. Jordan vermutete, dass seine Vorgänger es sich einfach nur gut gehen lassen wollten. Wahrscheinlich hatten sie sich nur auf die Couch gelegt um die riesige DVD-Sammlung einmal von vorne bis hinten durchzusehen. Doch er hatte dies gewiss nicht vorgehabt, auch wenn schon am Montagmorgen wieder alles so verlief, wie es begonnen hatte.

Die meiste Zeit über hockte Marlon in seinem Arbeitszimmer, und er dachte gar nicht daran, dem Jungen in irgendeiner Weise Gesellschaft zu leisten, geschweige denn befürchtete er, dass der Junge das Haus auf den Kopf stellen könnte, während er in seiner Romanwelt versunken war.

Eine Lieferung

Jordan bezweifelte jedoch, dass er früher oder später durchdrehen würde, nur weil ihm ein Gesprächspartner fehlte. Etwas absurd war die Situation allerdings schon: da teilten sich zwei Menschen ein Haus, und doch lebte jeder für sich in seiner eigenen Welt. Jordan versuchte nicht daran zu denken, dass es noch 26 Tage waren, die er durchhalten musste. Aber konnte es wirklich so schwer sein, diese Aufgabe zu meistern? Würde er an dieser Aufgabe scheitern, gar zerbrechen, so wie an jeder anderen Herausforderung, die er sich bislang gestellt hatte? *Wenn es doch nur einen Konflikt gebe*, dachte Jordan, den sie erst einmal aus der Welt schaffen müssten, dann käme Marlon nicht umhin, sich ein wenig länger mit seinem Gast abzugeben, als nur die wenigen Minuten, in denen sie die Mahlzeiten zu sich nahmen. *Doch wie oder womit ließe sich ein derart handfester Konflikt heraufbeschwören,* dachte Jordan, nachdem inzwischen drei Tage verstrichen waren, an dem nichts Nennenswertes geschehen war − außer vielleicht, das die Langeweile an ihm zehrte, wie ein ausgelutschter Kaugummi, dessen man überdrüssig geworden war …

Mittlerweile war es Donnerstagnachmittag.

Jordan steckte gerade inmitten seiner Vorbereitungen für das Abendessen, als es an der Hintertür lautstark pochte. Rasch rief er sich ein paar der Regeln in Erinnerung: UNTER KEINEN UMSTÄNDEN DARFST DU MICH STÖREN! SOLLTE ES EINMAL AN DER TÜR KLOPFEN, MUSST DU DAFÜR SORGE TRAGEN, DASS ICH NICHT ERST KOMMEN MUSS.

Jordan zeigte sich erstaunt, ausgerechnet einem Lieferanten gegenüber zu stehen, als er die Tür geöffnet hatte.

»Ich soll hier eine Lieferung abholen«, sagte der Lieferant und wirkte so, als habe er kaum Zeit.

»Eine Lieferung?« Jordan war nicht darüber informiert worden, dass heute eine Lieferung abgeholt werden sollte, auch wenn die Anweisungen auch für diesen unwahrscheinlichen Fall eine Regel vorsahen: DU DARFST DEN LIEFERANTEN AUF KEINEN FALL INS HAUS LASSEN!

»Das hier ist doch Mysteria Lane, Hausnummer 7?«

»Ja! Allerdings weiß ich nicht, was … «

Doch plötzlich entdeckte Jordan zwei weiße Päckchen, die auf dem Küchentisch lagen. Wer sie dort hingestellt hatte, stand wohl außer Frage!

Ob das vielleicht ein Test ist?, dachte Jordan.

Er musterte die beiden Päckchen neben denen auch Lieferpapiere lagen – schon fertig ausgefüllt. Diese Lieferung ging an Mr *Glovers Pizza Emporium*, einen Laden, den er in seinem ganzen Leben nicht mehr betreten wollte. Außer leeren Versprechungen hatte er dort nichts weiter erhalten.

»Komm schon, Junge. Gib' mir die Päckchen, damit ich von hier verschwinden kann«, riss ihn der Lieferant aus seinen Gedanken.

Jordan übergab dem Mann die beiden Päckchen und ließ sich den Erhalt quittieren. Und aus irgendeinem Grund lag es ihm auf der Zunge, dem Mann danach fragen zu wollen, ob er für ihn an den Kofferraum gehen könnte um seinen Rucksack zu holen.

Denn schon seit dem jähen Erwachen neben Marlon Baker waren seine Klamotten wie vom Erdboden verschwunden. Zwar wollte er nicht Mr Baker verdächtigen, er habe sie womöglich versteckt, zumal er sich bis heute nicht erklären konnte, wie es dazu gekommen war, dass er neben ihm aufgewacht war, aber dennoch blieb ein gewisser Beigeschmack übrig, wann immer er sich diesen Tag in Erinnerung rief.

War das Fehlen seiner Kleidung etwa für Marlon ein Garant dafür, dass er nicht abhauen würde? Zwar machte es ihm nichts aus, auch in diesem Bademantel zu stecken. Allerdings hätte er sich gewünscht, dass der Gürtel nicht als verschollen deklariert worden war. Immerzu war er darum bemüht, den Bademantel zu schließen, da er nicht wollte, dass ihn Marlon in all seiner Pracht sah.

Schon seit Dienstag hatte er damit zu kämpfen, seine Erektionen unter Kontrolle zu halten. Jordan glaubte, dass dies daran lag, weil er sich vor über einer Woche das letzte Mal befriedigt hatte. Aber sollte er sich einfach hier im Wohnzimmer befriedigen, oder unter der Dusche?

Es war keineswegs ausgeschlossen, dass er unter Beobachtung stand. Jordan ging sogar davon aus, dass das gesamte Haus »verkabelt« war. Überall könnten unzählige Kameras auf ihn gerichtet sein. Und so »billig« wollte er sich dann doch nicht hergeben. Nein, eine Live-Show, die ihm beim Onanieren zeigte, wollte er beim besten Willen nicht riskieren. Doch schon jetzt waren seine Hoden zum Bersten mit Sperma gefüllt. Es machte den Eindruck, als würde sein ganzer Hodensack kurz vor dem Explodieren stehen. Und er wusste nur zu gut, was das bedeutete.

Eines Morgens würde er aufwachen, und das gesamte Laken, oder wie in seinem Fall, die gesamte Couch von Sperma besudelt sein … Das war etwas, was es auf jeden Fall zu verhindern galt!

Und warum fragte ihn Marlon nicht einfach danach, was schließlich jeder Mann früher oder später zu ihm sagen würde: »Ich will dich ficken, die ganze Nacht!«

Jordan erklärte sich diese Phantasie, die er nun schon seit Tagen mit sich herum schleppte, mit der großen Langeweile, die sich trotz aller Umstände eingestellt hatte.

Gestern erst hatte er über 14 Seiten zu Papier gebracht. Und nachdem er sich seine »geistigen Ergüsse« nochmals durchgelesen hatte, stellte er fest, dass er dabei ganz feucht geworden war. Allein schon deswegen schämte er sich, als ihn Marlon am Freitagabend darauf ansprach, was er in den letzten Tagen geschrieben hätte. Hatte er ihn doch oft schreiben sehen.

Jordan war jedoch Marlons Aufruf gefolgt, und hatte sich ein Refugium geschaffen, auch wenn dies in seinem Fall nur daraus bestand, dass er sich eine Decke gespannt hatte wie ein Zelt. Sein Zelt dominierte nun das Wohnzimmer. Jedem würde es sofort ins Auge springen, wenn er das Haus betrat. Doch das war ja eher unwahrscheinlich. Weder er noch Marlon erwarteten irgendwelche Gäste, denen sie sich offenbaren wollten.

Und Jordan wollte alles andere, als das. Er wollte Marlon nicht sagen, wonach er sich so sehr sehnte. Deshalb sagte er auch zu ihm:

»Im Grunde habe ich nichts von Bedeutung geschrieben. Ich würde es bestenfalls eine ›kleine Fingerübung‹ nennen, nichts weiter!«

Marlon lachte.

»Deine Kochkünste werden zumindest von Tag zu Tag besser. Respekt! Damit hätte ich nicht so schnell gerechnet«, sagte Marlon. Und als Zeichen, dass es ihm wirklich sehr gut geschmeckt hatte, leckte er noch den Teller sauber.

»Noch vor einer Woche hätte ich gedacht, dass ich niemals so gut kochen könnte«, sagte Jordan und freute sich über das Kompliment, dass er bekommen hatte.

»Siehst du«, sagte Marlon und nahm mal wieder Jordans rechte Hand in die seine. »Und mit dem Schreiben ist das genauso. Viele Autoren mussten erst jahrelang schreiben, bevor etwas darunter war, das sie veröffentlichen konnten –

Oder sie schämen sich jetzt für ihre Jugendsünden, die sie vorschnell zwischen zwei Buchdeckel gebracht haben.«

»Gibt es auch von dir eine solche Jugendsünde?«

»Ich würde lügen, wenn ich das Gegenteil behaupte«, sagte Marlon, nahm jedoch davon Abstand, sie Jordan präsentieren zu wollen. »Und du? Gibt es bei dir eine Jugendsünde, die du lieber ungeschehen machen würdest?«

Jordan lief wie auf Knopfdruck puterrot an.

»Doch ich bin der Meinung, dass uns nichts peinlich sein muss. Derartige Sünden gehören schließlich zum Erwachsenwerden dazu. Zeige mir nur einen Jungen, der keine Sünde begangen hat, derer er sich noch nach vielen Jahren schämt.«

Jordan hätte Marlon gleich eine ganze Horde Jungs nennen können, bis ihm klar wurde, dass sie hier nicht über irgendwelche Leute sprachen, sondern einzig und allein über sich.

»Anfangs dachte ich noch, du würdest es keine Woche bei mir aushalten«, sagte Marlon und schenkte Jordan noch etwas Rotwein nach, das einzige Getränk das neben der Milch und dem Leitungswasser verfügbar war. »Und doch feiern wir heute ein kleines Fest.« Marlon warf einen prüfenden Blick auf die große Standuhr im Wohnzimmer, bevor er weiter sprechen wollte. »Noch 4 Stunden und 23 Minuten und du bist exakt eine Woche in meinem Haus. War es denn eine Herausforderung, nicht nach draußen gehen zu dürfen? Ist es dir schwer gefallen, im Haus zu bleiben?«

»Noch vor wenigen Tagen war es wie ein Drang, wenigstens nur mal kurz vor die Tür zu gehen. Es hat immerzu in meinen Füßen gekribbelt, wenn ich die Milch und die Eier ins Haus holte. Doch seit Donnerstag spüre ich dieses Verlangen nicht mehr«, log Jordan wissentlich, dass er diesen Drang fast permanent in sich spürte, jedoch dagegen ankämpfte um bloß nicht zu versagen.

Denn ein Versager wollte er am wenigsten sein. Schon in seiner Clique hielt niemand große Stücke auf ihn. Jeder war davon ausgegangen, dass er zwar die Pizza Supreme an sich genommen hatte, doch nie in der Mysteria Lane angekommen war.

»Dann wird es für dich ja auch kein Problem sein, mir folgenden Wunsch zu erfüllen«, sagte Marlon und achtete sehr darauf, wie es Jordan aufnahm. »Nun ja, vielmehr ist es ein kleines Experiment, das ich mit dir vorhabe. Bist du bereit für ein kleines Experiment?«

Jordan zögerte.

Und das mit Recht. Jetzt hatte er bereits eine Woche hinter sich gebracht, und jeden Tag aufs Neue darauf gewartet, dass eine solche Frage fallen würde. Und nun war es geschehen. Marlon wollte wissen, ob er bereit sei. Doch für was? Vielleicht einem weiteren absurden Spielchen?

»Okay! Ich bin dabei!«, sagte Jordan, nachdem er alle Eventualitäten gegen- und füreinander abgewogen hatte. So schlimm konnte es doch nicht werden. Was könnte schlimmer sein, als die permanente Langeweile totzuschlagen?

»Schön! Glaube mir, du wirst diese Lektion als ein Highlight in Erinnerung behalten. An ihr wirst du wachsen«, sagte Marlon und stand jäh vom Küchentisch auf. Jordan ahnte, dass sich Marlon wieder zurückziehen würde, nicht jedoch bevor er ihm die Spielregeln erklärte. »Wundere dich nicht, wenn du morgen einen Versuchsaufbau in der Küche vorfindest. Allerdings rate ich dir davon ab, ohne mich anzufangen. Sobald wir gemeinsam gefrühstückt haben, wird es für dich heißen: Wie weit würdest du gehen?«

Danach verabschiedete sich Marlon, indem er Jordan noch ein letztes Mal mit dem Rotweinglas zuprostete, dass er sich mit hinauf ins Arbeitszimmer nahm; samt einer weiteren Flasche Rotweins, die er wohl noch leeren wollte.

Zwar glaubte Jordan zu wissen, dass es keinerlei Gerüchte darüber gab, dass Marlon Baker ein Alkoholiker war, doch für seinen Geschmack trank sein Idol wesentlich zu viel des Guten. Allerdings musste er sich eingestehen, dass auch er besser auf Leitungswasser zurückgegriffen hätte, denn jetzt brummte sein Schädel. Und wie würde dies erst Morgen sein?

Versuchsanordnung #1

Am nächsten Morgen wusste Jordan nicht einmal, wie er es überhaupt auf die Couch geschafft hatte. Er ging jedoch davon aus, dass ihn Marlon auf die Couch gelegt hatte. Und auch den Wecker zu stellen hatte Marlon nicht vergessen. Er rappelte heute umso lauter.

Jordan vermutete, dass sein Kopf jederzeit zerspringen würde. Es war nicht von der Hand zu weisen, dass er einen mächtigen »Kater« hatte, einen, auf den er gut und gern hätte verzichten können. Denn wie sollte er sich jetzt auf seine Aufgaben, seine Pflichten, konzentrieren?

Und das kleine Experiment, das vielmehr eine Lektion werden sollte. Wie sollte er es anstellen, sich darauf einzulassen, wenn es ihm doch schon beim ersten Schritt, den er machte, fast umhaute?

Jordan zwang sich regelrecht in die Küche. Ihm würden noch genau 23 Minuten bleiben, bevor sie frühstücken wollten. Oder besser gesagt, dieser Sklaventreiber aus dem oberen Stockwerk, den er von vorne bis hinten bedienen musste. Er wusste zwar nicht warum, aber aus irgendeinem Grund stieg plötzlich Hass und Wut in ihm auf. Dabei war er es doch gewesen, der diesen Deal eingegangen war. Jordan versuchte sich mit reichlich kaltem Wasser frisch zu machen.

Fast schon wie ein Roboter erledigte er alles weitere. Er holte die Eier und Milch in die Küche, taumelte zum Herd und schlug gleich das ganze Dutzend Eier in die Pfanne. Er holte einige Scheiben geräucherten Hinterschinken aus dem Kühlschrank und legte sie auf einen

Teller. Er füllte zwei Gläser mit Milch und stellte sie auf den Küchentisch. Und als er sich ein weiteres Mal umdrehte, registrierte er endlich, dass sich irgendetwas in der Küche verändert hatte.

Auf einer der längeren Arbeitsflächen stand der angekündigte Versuchsaufbau: es waren fünf große Teller, die jedoch mit einem Tuch verdeckt waren. Jordan haderte mit sich, ob er nicht doch einen Blick riskieren sollte. Schließlich war aus der oberen Etage noch kein einziger Laut zu hören. Weder das Klackern der Schreibmaschine noch das Prasseln der Dusche waren zu hören.

Ob Marlon etwa verschlafen hat?

Jordan blickte auf seine Armbanduhr. Es war vier Minuten vor Sieben. Noch vier Minuten musste er warten, bevor er mit der Glocke Marlon darauf aufmerksam machen durfte, dass das Frühstück auf dem Tisch stand. Heute sollte es Spiegeleier geben, die auf beiden Seiten angebraten werden mussten. Jordan mochte zwar keine Spiegeleier, doch auch heute würde er wieder alles essen müssen, was auf den Tisch kam.

Dann läutete er die Glocke.

Und ehe er sich versah, stand auch schon Marlon hinter ihm und begutachtete das eher mager ausgefallene Frühstück. »Du schwächelst mir doch nicht?«

»Nein! Ach wo!«, erwiderte Jordan und ließ sich auf seinen angestammten Platz in der Küche nieder.

»Gratuliere! Jeder andere hätte jetzt schon Reißaus genommen. Oder aber – « Marlon stockte.

Jordan wartete gespannt darauf, dass Marlon weiter reden würde. Doch wie es schien, wollte ihn Marlon noch ein wenig auf die Folter spannen.

Nach geschlagenen drei Minuten der absoluten Stille sagte Marlon plötzlich:»Hattest du etwa geglaubt, dass dies hier ein Zuckerschlecken werden würde? Dachtest du, ich würde von dir nicht mehr verlangen, als mir Essen zu kochen und mir Gesellschaft zu leisten?«

Jordan hob verlegen seine Schultern an.

»Du hast bereits die ersten beiden Tests bestanden. Wirst du aber auch die nächsten bestehen?«

Jordan spürte förmlich, wie sich das Blatt wendete. Marlon schlug plötzlich einen ganz anderen Ton an. Er schien einer seiner cholerischen Ausbrüche zu haben, von denen Jordan nur so viel wusste, dass man dem Typen dann besser aus den Augen ging. Doch wie sollte er das anstellen? Marlon lüftete nun endlich das Geheimnis, was sich unter dem Tuch befand. Mit einer raschen Bewegung zog er das Tuch von der»Versuchsanordnung # 1«, sagte Marlon und gab Jordan zu verstehen, dass er zu ihm kommen sollte.

Jordan stand auf und bemerkte, dass er auf äußert wackligen Beinen stand. Er konnte sich kaum aufrecht halten. War das vielleicht in seiner Absicht gewesen, ihn betrunken zu machen, so dass er jetzt nicht klar denken konnte?

Marlon hielt Jordan ein großes Messer entgegen. Jordan nahm es an sich, ohne Fragen zu stellen.

»Jetzt liegt es an dir, zu beweisen, wie weit du gehen würdest, um das Recht zu erwerben, weiterhierbleiben zu dürfen«, sagte Marlon und lachte bis weit hinter seine Ohren.

Jordan verstand noch immer nicht, worauf Marlon hinauswollte. Im Grunde stand doch nichts vor ihm, was ihm Sorgen bereiten müsste. Oder doch?

Da gab es einen Kohlkopf, eine Wassermelone, einen Fisch, ein Kätzchen, das kaum einen Mucks von sich gab, sowie eine Kiste, aus der sonderbare Laute kamen.

»Und jetzt?«, fragte Jordan und ahnte bereits, was von ihm verlangt werden würde. Er hatte einen solchen Aufbau schon einmal gesehen. Damals war es darum gegangen, wie weit jemand gehen würde, um seinen Hunger zu stillen. Sie hatten einmal einen Mann für mehrere Tage in einer kleinen Hütte eingeschlossen, und ihm ähnliche Dinge auf fünf Teller gelegt. Allein sein Hunger entschied darüber, was er schlachtete und was nicht.

»Jetzt verlange ich von dir, mir aus all diesen Zutaten ein Dinner zuzubereiten. Keine Zutat darfst du auslassen«, sagte Marlon und stellte sich hinter Jordans Rücken. Er führte ihn an den ersten Teller heran, nahm Jordans Hände in die seinen und – WUSCH!

Der Kohlkopf war in zwei Hälften geteilt.

»Aber das kann unmöglich dein Ernst sein«, sagte Jordan und begriff allmählich, dass dies kein Spaß mehr war, geschweige denn ein Spiel. Es war bitterer Ernst. Denn würde er hier versagen, müsste er das Haus noch heute verlassen.

Marlon antwortete nicht. Er gab dem Jungen aber zu verstehen, dass er sich beeilen sollte. Dann ging er zurück in sein Arbeitszimmer.

Sekundenspäter klackerte auch schon wieder seine Schreibmaschine.

Jordan zitterte. Er sah sich die anderen Teller an. Aus dem Kohlkopf würde er eine Vorsuppe machen, die Wassermelone eignete sich für ein Dessert, den Fisch, den er noch ausnehmen musste, würde er als Zwischengang servieren. Und das Kätzchen?

Sollte er es wirklich über sein Herz bringen, auch dieses zu schlachten, nur weil es von ihm verlangt wurde? Jordan wollte sich mit dieser Entscheidung Zeit lassen. Zuerst kümmerte er sich darum, dass der Kohlkopf zerteilt und in einer Gemüsebrühe vor sich hin köchelte. Danach zerteilte er die Wassermelone, die er in Scheiben schnitt und in den Kühlschrank stellte.

Zwar hatte er noch nie in seinem Leben einen Fisch zerlegt, doch um diese Erfahrung würde er nicht umhin kommen. Denn im Kühlschrank fand sich nichts, dass er hätte ersatzweise nehmen können. Doch bevor er sich dazu durchringen wollte, den Fisch zu schlachten, stellte er dem Kätzchen noch einen Teller Milch auf die Arbeitsplatte.

Das Kätzchen miaute und freute sich wohl, noch am Leben zu sein. Dem Fisch hingegen ging es jetzt an den Kragen.

Jordan hatte auch dies schon mal im Fernsehen gesehen, dass der Fisch zuerst von seinen Innereien befreit werden musste, bevor er ihn entschuppen und entgräten konnte.

Ein böser Gedanke keimte in ihm auf. Was, wenn Marlon an einer der Gräten ersticken würde? Dann könnte er jedenfalls behaupten, dass es ein Unfall war und keine Absicht!

Das Blut strömte aus dem Fisch, als er das Messer in den Leib gestoßen hatte. Ohne hinzusehen, versuchte er die Eingeweide mit seinen Fingern aus dem Fisch herauszuziehen.

Schon jetzt entwickelte sich ein starker Würgereiz, von dem Jordan dachte, er würde ausschließlich daher rühren, dass er noch immer betrunken war. Allerdings vermischte sich ein Gefühl von Ekel und Abscheu dazu, was ihn letztendlich dazu trieb, sich über dem Spülbecken zu übergeben.

Fast glaubte er, er kotze seine ganze Seele gleich mit hinaus. Auf was für eine beschissene Sache hatte er sich da nur eingelassen?

Doch jetzt noch einen Rückzieher machen?

Niemals!

Jordan sagte kaum ein Wort, als Marlon zum Lunch nach unten kam.

»Wie ich sehen kann, hast du alle Zutaten bereits vorbereitet. Das wird bestimmt ein Dinner, dass wir nicht so schnell vergessen werden«, sagte Marlon und zeigte sich erstaunt, wie weit Jordan schon damit war.

Auf dem Herd gab es keine Kochstelle mehr, die nicht von einem Topf besetzt war, in dem es brodelte. Auch der Ofen war erstmals in Betrieb genommen worden.

»Eine kleine Bitte hätte ich dann noch an dich«, sagte Marlon und lüftete zugleich das Geheimnis, was es mit der kleinen Schachtel auf sich hatte, die er mit nach unten gebracht hatte. »Ich will, dass du heute Abend das hier trägst. Öffne es aber erst, nachdem du das Essen auf den Tisch gestellt hast. Wir haben uns verstanden?«

Offensichtlich hatte Marlon Baker vor, sich hier selbst zu demontieren. Denn je länger das Spiel andauerte umso mehr Hass entwickelte Jordan. Die anfängliche Sympathie war fast gänzlich verpufft. Kaum noch etwas war davon übriggeblieben, was Jordan einst für diesen Mann empfunden hatte. Und das bereits nach einer Woche – das war ein neuer Rekord!

Es hatte schon viele Männer gegeben, bei denen er länger geblieben war als nur einen Tag oder eine Woche.

Doch bisher hatte es keiner von ihnen geschafft, in Jordan diese Gefühle wachzurütteln. Es war eine sonderbare Mischung. Eine durchaus gefährliche Mischung, wie Jordan glaubte.

Nachdem er dazu gezwungen wurde, alle Zutaten für das »perfekte Dinner« zu schlachten, wäre er durchaus auch dazu bereit, andere Lebewesen zu töten!

Allerdings war von dem angestauten Hass nicht mehr allzu viel übrig, als Jordan kurz davor stand, das Dinner präsentieren zu wollen. Den gesamten Nachmittag hatte er in der Küche gestanden. Er hatte das Kochbuch hin und her geblättert, bevor er die Rezepte fand, die sich mit diesen wenigen aber äußert skurrilen Zutaten zubereiten ließen.

Erstmals in seinem Leben hatte er sich so richtig verausgabt. Er war über sich selbst hinaus gewachsen. Er hatte etwas vollbracht, das ihm keiner zugetraut hätte.

Bevor er die Glocke läuten wollte, öffnete er die kleine Schachtel, auf die Marlon so sehr bestanden hatte, dass er sie erst kurz vor dem eigentlichen Dinner öffnete.

Erstaunt und sichtbar amüsiert hielt Jordan einen Pantie sowie eine Fliege in der Hand, die ihn aussehen ließen, als gäbe es zum Nachtisch noch eine Stripeinlage oder einen Tabledance! Doch Jordan war auch für diesen Spaß zu haben. Er pellte sich aus dem Bademantel und zog sich das knappe Höschen sowie die Fliege an, die andeutete, als habe er sich fein gemacht. Das Höschen zwickte zwar und zwängte seinen Hodensack und Penis sehr stark ein, doch darauf hatte es Marlon wohl abgesehen, dass sich sein Genital auf dem Stoff abzeichnen würde.

Dann läutete er die Glocke.

Und auch Marlon hatte sich dem Anlass entsprechend umgezogen. Er trug einen schwarzen seidenen Kimono, in dessen Brusttasche ein rotes Tuch steckte.

»Das riecht ja herrlich! – Ich hoffe du verzeihst mir, dass ich von dir abverlange, heute auf dem Fußboden zu essen«, sagte Marlon und stellte Jordans Teller demonstrativ auf den weißgekachelten Fußboden der Küche.

War das vielleicht seine Art, Jordan zu zeigen, dass er hier das Sagen hatte? Wollte er damit vielleicht seine Macht demonstrieren, oder auch nur zeigen, dass er bestimmen konnte, was er wollte?

Doch Jordan stellte diesen Wunsch nicht in Frage. Er servierte den ersten Gang: die Kohlsuppe, die er mit reichlich Pfeffer und Muskat abgeschmeckt hatte.

»Stellst du denn niemals eine Anweisung in Frage? Führst du alles aus, ohne zu hinterfragen, ob das, was von dir verlangt wird, richtig ist?«

Jordan schüttelte den Kopf. Er hatte sich bereits damit abgefunden, heute wie ein Hund aus einem Napf zu essen. Für ein Tageshonorar von 4200 Dollar wäre er sogar bereit, noch ganz andere Dinge zu tun. Da waren »Master-and-Servant« Spiele doch nichts Neues. Wie oft hatte er sich schon erniedrigen lassen um seinem Freier zu gefallen? Und was hatte er sich nicht schon alles in seinen Mund gestopft?

»Mir scheint, als hast du die Lektion nicht ganz begriffen oder durchschaut«, sagte Marlon und stellte Jordans Suppenteller wieder auf den Tisch. »Keiner verlangt von dir, dass du dich wie ein Tier auf dem Fußboden windest. Und du solltest es auch nie zulassen, dass dies von dir jemand verlangen kann. Du solltest dich stets in der Position befinden, selbst entscheiden zu können, was richtig für dich ist oder falsch. – Schau mich an, mir macht keiner irgendwelche Vorschriften.«

»Und deshalb ist es mir auch so wichtig, bis zum Ende durchzuhalten. Jetzt habe ich die erste Woche hinter mich gebracht – «

»Und die nächsten drei werden nicht leichter werden. Das garantiere ich dir«, sagte Marlon und löffelte begeistert an der Suppe.

»Es schmeckt dir?

»Ja, ausgezeichnet!«

»Das freut mich, dass jemand meine Arbeit zu schätzen weiß. Ich hätte ja nie gedacht, dass ich für ein 3-Gänge-Menü ganze vier Stunden in der Küche stehen würde«, sagte Jordan und war erleichtert, den Rest des Abends nicht vom Fußboden essen zu müssen.

»Verkaufe dich niemals unter Wert. Kein Geld der Welt rechtfertigt es, das du Dinge tust, die dir zu wider sind«, sagte Marlon und freute sich schon auf den nächsten Gang.

»Bislang war mir noch nichts zu wider. Nichts, was du von mir verlangst oder um was du mich bittest, könnte mir zuwider sein. Ich hin so einiges gewohnt«, sagte Jordan und präsentierte voller Stolz das Fischgericht, dass ihm nach eigenem Ermessen auch gelungen war.

»Ehrlich gesagt, bin ich kein begeisterter Fischesser«, sagte Marlon, nachdem er von seinem Teller probiert hatte, »doch es wäre unhöflich, diesen Gang auszusparen, nur weil ich schon auf den nächsten gespannt bin – dem Hauptgang!«

Jordan schluckte.

Ausgerechnet der Hauptgang hatte ihm alles abverlangt. Er hatte mal wieder über seinen Schatten springen müssen. Hatte abwägen müssen, wo seine Prioritäten lagen. Das Fischgericht nur halb aufgegessen, verlangte Marlon auch schon nach dem heißersehnten Hauptgang. *Hat der Junge seine Lektion begriffen?*, fragte er sich, als Jordan einen Römertopf aus der Röhre holte und ihn vorsichtig an den Tisch brachte.

»Schichtfleisch!«, stellte Jordan diesen Gang vor. Als er den Deckel vom Römertopf lüftete, durchzog die Küche ein herrlicher Duft.

»Schichtfleisch besteht aus mehreren Sorten Fleisch. Ich habe die Zutat Nummer 4 und 5 darin zu gleichen Teilen verarbeitet«, erklärte Jordan und verwies dabei auf eine handschriftliche Rezeptur, die er zwischen zwei Seiten im Kochbuch gefunden hatte.

»Ich erinnere mich, dieses Rezept in das Buch gelegt zu haben«, erwiderte Marlon und ließ sich von Jordan gleich zwei Kellen auf den Teller geben. »Doch noch nie hat es so köstlich gerochen, als ich mich daran versuchte.«

Jordan zog ein süffisantes Lächeln auf. Dazu hatte er auch allen Grund. Doch was der eigentliche Anlass seiner Freude war, behielt er besser für sich.

»Dazu einen Rotwein«, sagte Marlon, ohne das es nach einer Frage klang. Eher rhetorisch!

Jordan sprang auf um eine Flasche aus dem Holzgestell zu holen, das sie schon jetzt weit über die Hälfte geleert hatten. Er entkorkte die Flasche und schenkte Marlon in das Glas ein.

»Wir müssen unbedingt einen weiteren Vorrat Rotwein bestellen, sonst werden wir noch verdursten«, sagte Marlon und machte sich eine Notiz auf einem Zettel, den er sich von Jordan bringen ließ. Eigentlich war das Jordans Stichwort. Er hätte Marlon gestehen sollen, dass er keinen

Rotwein vertrug und dass er noch immer leichte Kopfschmerzen von gestern Abend hatte.

Doch stattdessen schwieg er.

Marlon konnte gar nicht genug von dem Hauptgang bekommen. Immerzu ließ er seinen Teller füllen.

»Lass noch etwas Platz für den Nachtisch«, erlaubte sich Jordan, seinen Einwand laut vorzubringen, dass Marlon sonst keinen Appetit mehr hätte, wenn er weiterhin so begierig essen würde.

Doch Marlon ließ sich auch noch ein weiteres Mal nachgeben, bis der Römertopf völlig leer war.

»Es wäre doch eine Schande, etwas davon wegzuwerfen, zumal mich die Zutaten ein Vermögen gekostet haben«, sagte Marlon und lehnte sich entspannt in einen Sessel, nachdem er die Küche verlassen hatte um sich den Nachtisch am Kamin servieren zu lassen.

Obwohl es Sommer war, entzündete Marlon ein Feuer im Kamin. Die Buchenholzscheite knisterten, als Jordan mit einem Tablett ins Wohnzimmer kam und die Melonenscheiben servierte.

»Ich weiß, das Dessert fällt nicht annähernd so opulent aus, wie die vorangegangenen Gänge, doch mir ist nichts Besseres eingefallen, was ich aus Zutat Nummer 2 hätte machen sollen«, gestand Jordan, der davon ausging, dass ihm Marlon dafür eine Abfuhr oder Schellte erteilte.

Doch nichts von alledem.

Marlon genoss die dünngeschnittenen Melonenscheiben, die für seinen Geschmack das Dinner erst perfekt machen.

»Es muss nicht immer ein Firlefanz aufgetischt werden, um mich zu beeindrucken. Vielmehr hast du mich damit beeindruckt, dass du Zutat Nummer 4 und 5 nicht ausgespart hast. Obwohl du dies zu jeder Zeit hättest tun können. Wie gesagt, lass dich niemals zu etwas zwingen oder nötigen«, sagte Marlon und rieb sich die Hände vor den Kamin, nachdem er fünf Scheiben Melone gegessen hatte.

Jordan wurde es schlagartig schlecht. Anscheinend kippte gerade jetzt sein Magen um. Vielleicht war es doch zu viel des Guten gewesen, auch Zutat Nummer 5 zu schlachten. Er presste sich die Hände gegen den Mund, sprang auf und rannte ins Badezimmer des unteren Stockwerks.

Diese Zeit nutzte Marlon um sich auf seine Ebene zurückzuziehen. Er hatte dem Jungen schon mehr Zeit geschenkt als er vorgesehen hatte.

Als Jordan in das Wohnzimmer zurückkam, stellte er fest, dass die Party wohl vorüber war. Er brachte noch die Teller in die Küche, stellte das Geschirr in die Spülmaschine und dachte sogar noch an den Müllbeutel, den er vor die Hintertür stellte. Dann war er froh, nicht länger diese kneifende Hose tragen zu müssen. Er zog sich aus und hüllte sich in die Decke ein, die auf der Couch gelegen hatte.

Nach solch einer Party war es immer seine Aufgabe gewesen, noch für ein klein wenig Zerstreuung oder Entspannung zu sorgen. Er war fest davon überzeugt gewesen, dass ihn Marlon mit nach oben nehmen würde. Doch Marlon hatte es offenbar vorgezogen, alleine zu bleiben.

Mal wieder!

Das Modell

D och dann geschah, was geschehen musste. Jordan hatte es schon seit Tagen vorausgesehen. Üblicherweise hatte er bis zu drei Mal Sex an einem einzigen Tag gehabt. An jeden hatte er sich verkauft, der ihm mindestens 50 Dollar dafür auf den Tisch legte. Kein Tag war vergangen, an dem er nicht mit einem Freier ins Hotel oder sogar nach Hause gegangen war. Oft hatte er mit ihnen nur wenige Stunden verbracht. Einige verlangten aber auch von ihm, dass er die ganze Nacht über blieb.

Doch noch nie hatte es dafür so viel Geld gegeben, wie heute. Und dabei hatte er nicht einmal mitbekommen, was Marlon mit ihm angestellt hatte.

Und es war doch Marlon gewesen, der mich nach oben getragen hatte. Oder nicht?

Jedenfalls erwachte er auch an diesem Sonntagmorgen neben Marlon Baker. Doch heute war etwas anders. Jordan klebte förmlich am Bettlaken. Eine riesige Lache war auf dem Laken zu sehen, als hätte er Literweises Sperma ergossen. Und sein Körper fühlte sich alles andere an, als nicht benutzt worden zu sein. Seine Arme und Deine schmerzten ihm.

Mit dem obligatorischen Griff an den Anus stellte er fest, dass ihm der Arsch buchstäblich aufgerissen worden sein musste. Es schmerzte höllisch, als er um den lädierten Schließmuskel herumfuhr.

Allerdings, so musste er sich eingestehen, hatte er einen Black-Out gehabt. Er konnte sich an nichts mehr erinnern, was hier oben geschehen war.

»Allmählich wirst du mir zu einer Plage«, sagte Marlon und erhob sich vom Bett. »Hast du denn kein eigenes Nachtlager?«

Jordan blickte ihn fragend an.

»Jetzt tu nicht so unschuldig. Du hast dich bestimmt zu mir hochgeschlichen, als ich schon geschlafen habe. Damit verstößt du gegen das Regelwerk«, sagte Marlon und wollte schon ins angrenzende Badezimmer verschwinden, als er nochmals ins Schlafzimmer zurück kam und sagte:

»Ich hoffe, du weißt, wie man Waschmaschine und Trockner benutzt. – Und beziehe das Bett neu! Ist ja kaum auszuhalten, dass du dich neben mir derart ergossen hast.«

Anscheinend wollte Marlon erst gar nicht das Wort »Befriedigung« in den Mund nehmen. Denn nichts anderes hatte der Junge seiner Meinung nach hier oben getan.

Jordan hatte sich neben ihn gelegt und sich selbst befriedigt.

Jordan verstand die Welt nicht mehr.

Wie konnte es sein, dass Marlon davon ausging, hier sei nichts weiter geschehen, als dass er einen feuchten Traum gehabt haben soll?

Schlagartig schossen Jordan Bilder durch den Kopf. Sie waren derart gewaltig, dass er sich auf das abgezogene Bett setzen musste.

Die Bilder in seinem Kopf waren zwar nicht so deutlich, als dass er mit Gewissheit sagen konnte, *nur* von Marlon Baker gefickt worden zu sein. Doch er wurde gefickt! Und anzunehmen war, dass es nicht nur ein Schwanz gewesen war, der ihn wie ein Stück Fleisch benutzte.

Aber sollte er wirklich Marlon danach fragen, was hier oben geschehen war? Und wenn es am Ende nur seine Einbildung gewesen war? Ein Trugschluss, eine Halluzination, oder so etwas in der Art? Und was, wenn er gehörig daneben lag? Was, wenn seine Phantasie mit ihm durch ging – sein Wunsch, mal mit Respekt und Würde behandelt zu werden?

War es vielleicht an der Zeit, Marlon seine Sehnsüchte zu gestehen? Sollte er ihm sagen, dass er schon seit Monaten von dieser Begegnung geträumt hatte?

Und jetzt das!

Der Schriftsteller schien kein sexuelles Interesse an seiner Muse zu haben, die er sich ins Haus geholt hatte. Oder gehörte das zum Spiel? Waren die ständigen Abweisungen und Ablehnungen ein Teil des Ganzen?

Jordan wollte es darauf ankommen lassen. Es musste doch möglich sein, diesen Mann aus der Reserve zu locken!

Zwar hätte es ihm gleich sein können, ob Marlon mit ihm schlafen wollte oder nicht. Denn noch nie hatte er so viel Geld angeboten bekommen, ohne dass er sich hatte ausbeuten lassen müssen. Obwohl – eine Ausbeutung war es schon lange nicht mehr.

Jordan liebte es, den Männern reihenweise die Köpfe zu verdrehen und ihnen das Geld aus der Tasche zu ziehen. Mit keiner anderen Arbeit ließ sich mehr Geld verdienen.

Doch auch die Überlegung, nachdem hier mit allem aufhören zu wollen, war eine Option, die er sich noch überlegen wollte. Erst einmal das Geld in der Hand, könnte er sich damit eine Zukunft aufbauen, könnte diese kleine beschissene Stadt verlassen, in der er es zu nie etwas bringen würde. Dafür würden schon die anderen sorgen, dass er keinen Höhenflug anstrebte, und mal schon auf dem Teppich blieb.

Jordan bezog das Bett mit frischer Satin-Bettwäsche, die ihm Marlon herausgelegt hatte, bevor er duschen gegangen war. Und wieder kam ihm die Idee, sich Marlon einfach präsentieren zu wollen: er könnte sich auf dem Laken räkeln, mit seinem Po wackeln, sich eine Schleife umbinden ...

Marlon kam aus dem Badezimmer zurück. Er war in einem Handtuch gehüllt und suchte in einer Kommode nach Unterwäsche.

»Du denkst noch an die Eier und die Milch?«, sagte Marlon, nachdem er sich eine rote Seidenshorts übergezogen hatte.

Jordan, der ja noch immer nackt war, rannte ohne ein Wort zu sagen die Treppe hinunter. Im Wohnzimmer schnappte er sich den Bademantel und ging zielstrebig auf die Hintertür zu.

Er schaute sich nach Links und Rechts um. Versuchte etwas im nahegelegenen Wald auszumachen. Doch da bewegte sich nichts. *Nichts?*

Dann nahm er den Karton mit den Eiern auf und brachte sie mit der Milch zu eine der Arbeitsflächen. In einem Schrank hatte er Mehl und Zucker gesehen. Alles Zutaten, die er brauchen würde, um Pfannkuchen zu machen. Marlon hatte heute noch keinen expliziten Wusch geäußert, was er essen wollte, und so schlug Jordan einen Teig auf, den er in einer Pfanne mit etwas Butter zu kleinen Pfannkuchen ausbackte.

Marlons Schritte waren schon zu hören. Auch wenn er barfuß war, so machte aber die Treppe knarzende Geräusche, wenn Marlon nach unten kam. Die Treppe stöhnte dann geradezu unter ihm auf – auch wenn Marlon, zu seiner Verteidigung, alles andere als fettleibig war. Trotz seiner 40 Jahre, die er nun schon auf dem Buckel hatte, wog er keine 80 Kilo, und er war meilenweit davon entfernt, einen Bauchansatz vor sich herzuschieben.

Im Grunde war Marlon nach wie vor eine Augenweide. Auch für ihn. Jordan. Der sich zu seiner Schande eingestehen musste, dass er sich in diesen Typen verknallt hatte. Und daran ließ sich auch nichts ändern.

»Das nenn ich mal *just in time*«, sagte Marlon, als er sich an den runden Küchentisch setzte und das Frühstück in Augenschein nahm. »Die sind dir zudem gut gelungen.«

Jordan fiel ein Stein vom Herzen.

Denn es hätte auch sein AUS bedeuten können, als er heute schon zum wiederholten Male neben Marlon aufwachte, der dies in seinem Regelwerk strengstens untersagte, dass er das obere Stockwerk unaufgefordert betreten durfte.

»Dein Glück, dass ich heute mal Fünfe gerade sein lassen will … Egal was auch geschehen sein mag, ich verzeihe dir!«

Wenn es doch nur auch für Jordan so einfach wäre, ihm zu verzeihen. Noch immer glaubte er, dass ihn Marlon absichtlich nach oben geholt hatte. Vielleicht sogar mit einem Komplizen, mit dem er sich zusammen an ihn vergangen hatte – während er geschlafen hatte.

Die Bilder in seinem Kopf waren so real, so schmerzhaft vor allem, als er an seinen Hintern dachte, in den sie eingedrungen waren. Und wären die Schmerzen nicht gewesen, Jordan hätte es einfach als eine weitere Nachtwanderung ohne Folgen abgetan. Doch es war keine

Nachtwanderung gewesen. Er war weder schlafgewandelt noch war er es gewesen, der sich zu Marlon ins Bett gelegt hatte. *Denn wenn es so gewesen wäre, könnte ich mich doch daran erinnern. Oder nicht? Ob ich in Zukunft wohl besser auf den Rotwein verzichte?*

»Was geht in deinem Kopf vor, wenn du so in Gedanken versunken bist?«, fragte Marlon, der sich bereits den fünften Pfannkuchen aufgetan hatte, während Jordan noch immer mit seinem zweiten beschäftigt war.

»Ach, nichts!«, erwiderte Jordan und setzte alles daran, dass Marlon nicht seine Gedanken lesen konnte. »Aber ist das nicht komisch, dass ich jetzt schon zum zweiten Mal neben dir erwacht bin? Immer sonntags?«

»Vielleicht sollte ich besser mein Schlafzimmer abschließen, das so was nicht noch einmal vorkommt. Aber wie du vielleicht festgestellt haben dürftest, in keiner meiner Türen befindet sich ein Schloss, nicht einmal in der Haustür«, sagte Marlon und deutete auf die Hintertür, die nicht einmal mit einem Riegel versehen war.

»Aber ist das nicht leichtsinnig? Es könnte jemand einbrechen und deine Sachen stehlen«, sagte Jordan und erinnerte sich an ihren Beutezug, bei dem sie sich gewundert hatten, warum das Haus nicht verschlossen war.

»Wer hätte schon ein Interesse daran, mich zu bestehlen? Wer würde schon den weiten Weg in Kauf nehmen, nur um am Ende doch nur festzustellen, dass es hier nichts von Wert zu holen gibt?«, sagte Marlon und musste plötzlich lachen. »Vor ein paar Monaten müssen es erst ein paar Halbstarke versucht haben, hier Beute zu machen. Und was haben sie gefunden?«

Jordan hob fragend seine Schultern an. Jetzt durfte er auf keinen Fall Rot werden. »Ich weiß nicht, vielleicht Souvenirs, die sie im Internet versteigern?«

»Kaum etwas hat gefehlt. Und was gefehlt hat, war ich froh drum, dass ich es los war. – Allerdings haben sie dein Auto geklaut, wie mir scheint«, sagte Marlon und lachte erneut.

»Mein Auto!?« Jordan sprang auf und rannte zur Haustür. Er öffnete sie schlagartig und wurde plötzlich kreidebleich.

»Kannst froh sein, dass jemand die alte Kiste mitgenommen hat. Die war doch ohnehin kaputt. Getriebeschaden«, sagte Marlon und beendete sein Frühstück.

»Wen kümmert es?«

»MICH!«, sagte Jordan und bemerkte, wie ihm die Knie immer weicher wurden. Nicht nur, dass er seinem Freund erklären musste, dass sein Auto gestohlen worden war, nein, er machte sich auch Sorgen um die Dinge, die sich noch in diesem Auto befunden hatten.

»Die Karre war doch keine 50 Dollar mehr wert«, sagte Marlon und setzte sich auf die Couch im Wohnzimmer.

»Nicht die Karre, der Inhalt war das wertvolle an dem Auto. Ich will es wieder haben«, sagte Jordan und ärgerte sich, dass er nicht darauf bestanden hatte, nochmals zum Auto gehen zu dürfen um wenigstens die Schlüssel abzuziehen.

»Für jeden Dieb war dies wie eine Einladung«, sagte Marlon und klopfte auf das Polster neben sich. Ein Zeichen, dass Jordan sich neben ihn setzen sollte.

»Es war nichts, was sich nicht ersetzen lasse«, sagte Marlon, nachdem Jordan sich neben ihn gesetzt und er seinen Arm über die Schultern gelegt hatte. »Es war doch nur ein Auto. Eine Rostlaube obendrein!«

»Aber du verstehst nicht«, sagte Jordan und schien jederzeit in Tränen auszubrechen, »in diesem Auto befand sich mein gesamtes Hab und Gut.«

»Du hast nicht mehr besessen, als diesen schäbigen Rucksack? – Was soll's! Wenn du noch drei Wochen durchhältst, kannst du dir alles kaufen was du willst – «

»Vorausgesetzt, ich werde es schaffen, dass du mich nicht vorher rauswirfst. Denn dann hätte ich nicht einmal mehr was zum Anziehen. Ich wäre dann nackt«, sagte Jordan. Die Tränen ließen sich nicht länger zurückhalten.

Marlon zog Jordan zu sich ran. Er versuchte ihn, so gut ihm das möglich war, zu trösten.

»Bis jetzt gibt es für mich keinen Anlass, dies zu tun … Warum sollte ich dich also nackt vor die Tür setzen?«

»Keine Ahnung … weil es dir vielleicht Spaß bereiten würde, mich zu quälen?«, sagte Jordan und hielt den Atem an. So forsch hatte er gar nicht antworten wollen. Doch es war einfach aus ihm herausgerutscht.

»Dich quälen? Wie kommst du darauf, dass ich dazu Lust hätte, einen Jungen wie dich zu quälen?«, sagte Marlon und schien allein von der Annahme, Jordan könne dies von ihm denken, entsetzt.

»Ich will wissen, welcher Junge vor mir hier war. Wie war sein Name? Kenne ich ihn?«

»Martin – Der Junge hieß Martin. Doch er kommt nicht von hier. Er hat sich auf meiner Website für die Teilnahme beworben?«

Marlon wog ab, wie viel er Jordan bedenkenlos mitteilen konnte, ohne ihn für dieses Wissen gleich töten zu müssen.

»Man kann sich dafür bewerben?«

»Aber ja! Jedes Jahr können sich drei Teilnehmer bewerben, die alle ihre Chance erhalten, vier Wochen mit mir zu leben«, sagte Marlon und stand auf um etwas aus dem Sekretär zu holen.

»Und dann?«

»Dann stellt sich heraus, ob dem einer gewachsen ist.«

»Und hat es denn schon mal jemand geschafft, den Jackpot zu knacken?«

»Oh, das ist witzig! Du nennst es auch JACKPOT, wie Martin es immerzu getan hat«, sagte Marlon und nahm auf der Couch seinen Platz wieder ein. In seiner Hand hielt er ein schwarzes Notizbuch, was vielmehr ein Fotobuch war, wie sich gleich herausstellen sollte.

»Im ersten Jahr hatte es ein Junge doch tatsächlich geschafft. Danach nie mehr. Alle sind an der Aufgabe gescheitert, mit mir einem Monat leben zu müssen«, sagte Marlon und ließ Jordan einen Blick in das Buch werfen.

In dem schwarzen Buch hatte Marlon bislang jeden verzeichnet, der sich an dieser Herausforderung messen wollte. Einer gesiegt. Viele gescheitert!

»Und hat der Junge aus dem ersten Jahr sein Geld erhalten?«

»Mehr als das. Ich habe ihm sogar noch einen Bonus obenauf gelegt, da er mir nie eine Regel brach.«

»Somit habe ich also keine Chance mehr, einen Bonus zu erhalten?!«

»Für die Einhaltung der Regeln sicher nicht, aber vielleicht wegen deiner Kochkünste. Die haben sich wirklich gesteigert«, sagte Marlon und übergab Jordan das Buch, in dem er durchblättern durfte um nachzusehen, dass Marlon stets Buch über alles führte.

»Und das gestern Nacht? Könnte ich mir damit einen fetten Bonus verdienen?«

»Wohl eher nicht! – Jedoch gibt es da etwas, was du tun könntest um einen Bonus zu erhalten«, sagte Marlon und nahm das kleine schwarze Buch wieder an sich.

»Sag mir was es ist, und ich werde es tun«, sagte Jordan und hoffte auf eine große Summe, die Marlon noch oben auf zu zahlen bereit wäre.

»Für mein nächstes Werk möchte ich noch ein Cover malen«, sagte Marlon und verwies auf die Staffelei, die im hinteren Eck des Wohnzimmers stand.

»Lass mich raten … Und ich soll dir dafür Modell stehen«, sagte Jordan, sprang auf, warf den Bademantel von sich ab, und nahm gleich unzählige Posen ein, die dafür in Frage kämen. »Wie willst du mich malen? Soll ich stehen, mich hinlegen, auf einen Stuhl setzen? Sag mir wie, und ich werde es tun!«

»Ich will, dass du dich ganz eng zusammenkauerst, so, als würdest du Deckung suchen. Kannst du eine solche Position einnehmen?«, sagte Marlon und begab sich sogleich hinter die Staffelei.

Jordan kniete sich nieder, rollte sich ein und kam der Aufforderung nach, so zu tun, als würde er unter einem Tisch oder ähnlichem Schutz suchen.

Marlon skizzierte mit einem Kohlestift die Umrisse des Jungen. Dann mischte er die ersten Farben an.

»Ich werde etwa zwei bis drei Stunden dafür brauchen, eine erste Version auf Leinwand zu bringen. Kannst du solange in dieser Stellung verharren?«

»Geht schon«, sagte Jordan, obwohl er wusste, dass ihm nach spätestens einer halben Stunde die Beine und Arme einschlafen würden.

Allerdings war dies genau nach seinem Geschmack. Endlich war er mal nicht auf sich allein gestellt um einen Sonntagvormittag mit etwas Sinnvollem auszufüllen.

Marlon schien in seinem Element. Mit geübter Hand zog er die ersten Pinselstriche. Erste Konturen und Schatten wurden angelegt. Jordans Körper nahm binnen kürzester Zeit Gestalt an.

»Ich wusste gar nicht, dass du auch ein Maler bist? Hast du die anderen Kandidaten auch gemalt?«, sagte Jordan und versuchte, nicht zu verkrampfen.

»Früher habe ich noch viel gemalt«, sagte Marlon und gab Jordan zu verstehen, dass er sich nicht bewegen sollte, »doch meine Bilder haben auch viel Irritation hervorgerufen. – Und nein, du bist der erste Kandidat, der es sich verdient hat, von mir gemalt zu werden. Die anderen habe ich aber … «

»Irritationen?«, kam ihm Jordan zu vor. Er wollte unbedingt wissen, wieso Marlon dieses Talent bisher im Geheimen gehalten hatte, und warum davon nichts in seiner Vita stand, geschweige denn auf seiner Website – die, so musste sich Jordan eingestehen, zu einer seiner Lieblingsseiten im Netz gehörte. Nicht zuletzt deshalb, um ja alles über diesen Mann zu erfahren, dessen Leben er zerstören wollte, wenn er nicht das bekäme, was er von ihm haben wollte!

»Knabenakte zu malen stößt heutzutage eher auf Irritation, statt auf Beifall oder Bewunderung«, versuchte Marlon zu erklären, obwohl er dem Jungen in keiner Weise Rechenschafft schuldig war. Doch aus irgendeinem Grund wollte er, dass Jordan davon erfuhr. »Du glaubst ja gar nicht, was sie dir alles vorwerfen, nur weil du derartige Bilder malst. Sie halten dich für einen Perversen, der sich nur deshalb Knaben zu sich ins Atelier einlädt um sich an ihnen vergehen zu können … «

Plötzlich fiel es Jordan wie Schuppen von den Augen. Da hatte es mal dieses Gerücht gegeben, das sich wie ein Lauffeuer im Netz verbreitet hatte, dass Marlon einer sei, der schon reihenweise Kinder und Jugendliche »vernascht« haben soll. Von einer Geschichte wusste Jordan aus einem Forum, dass Marlon mal eine Beziehung zu einem 15jährigen unterhalten haben soll – er hatte dafür sogar im Gefängnis gesessen!

War er deshalb vielleicht so zurückhaltend zu ihm? Weil er nicht riskieren wollte, noch einmal hinter Gittern zu laden, nur weil er einem Jungen das zu Schenken bereit war, was ihm ein anderer nicht zu geben bereit war?

Jordan war zwar noch keine Fünfzehn. Aber er würde es nie über seine Lippen bringen, wenn es so käme, dass er und Marlon … naja … ein Paar würden –

UPPS!

Jordan konnte nicht länger zurückhalten, dass ihn diese Vorstellung erregte. Sein Glied war auch für Marlon zu sehen.

»Wollen wir eine Pause machen?«, sagte Marlon, ohne das es wie eine Frage klingen sollte. Er griff nach dem Bademantel und reichte ihn Jordan.

»Wir sehen uns dann zum Lunch«, sagte Marlon, nachdem er seinen Pinsel an einem Lappen gesäubert und ihn in ein Glas mit Terpentin gestellt hatte.

»Das … das ist doch nicht weiter schlimm«, rief ihn Jordan dann noch hinterher. Doch da war Marlon schon in seinem Arbeitszimmer verschwunden. Wenigen Sekunden später setzte das Klackern der Schreibmaschine ein, das erst wieder aufhörte, als Jordan zum Lunch läutete.

Jordan verstand die Welt nicht mehr. Es war ja schließlich nicht das erste Mal gewesen, dass ihn Marlon mit einem Ständer gesehen hatte.

Und jetzt das! Marlon kam einfach nicht nach unten um mit Jordan zu essen. Vielmehr setzte nach einer kurzen Pause das Klackern der Schreibmaschine wieder ein.

Auch für diesen Fall gab es eine klare Regel: DEN LUNCH BITTE AUF EINEM TELLER VOR MEINE TÜR STELLEN!

Jordan hielt sich an diese Regel. Er stellte das Sandwich auf einen Teller und lief die Treppe hinauf. In seiner anderen Hand hielt er eine Flasche Rotwein und ein sauberes Glas.

Fast wäre ihm danach gewesen, zwei Gläser mit nach oben zu nehmen, doch das widersprach dem Regelwerk aufs Schärfste!

Stattdessen stellte Jordan den Teller vor die Tür des Arbeitszimmers und klopfte leise an:

»Dein Lunch habe ich vor die Tür gestellt.«

Zwar hätte er gern noch wissen wollen, ob Marlon überhaupt vorhatte, zum Dinner nach unten zu kommen. Doch er ging davon aus, dass Marlon sich auch diesem gemeinsamen Essen verweigern würde.

Und so kam es dann auch.

Marlon blieb für den Rest des Tages in seinem Arbeitszimmer. Es mussten wohl weit über 30 Seiten gewesen sein, die er an diesem Tag zu Papier brachte. Noch bis in die späte Nacht hinein waren die Anschläge der Lettern zu hören ... Und Jordan fand an diesem Abend nur schwer in den Schlaf. Tausende Gedanken quälten ihn: Hatte er etwas falsch gemacht? War er vielleicht zu dreist gewesen? Er wusste es nicht.

Wie würde Marlon sich morgen ihm gegenüber verhalten? Würde ein neuer Tag alles vergessen machen können, was vorgefallen war? Im Grunde war ja nicht mal wirklich was vorgefallen; außer der unbestreitbaren Tatsache, dass er nackt neben Marlon aufgewacht war, und er so getan hatte, als hätte er mit dieser Sache nun wirklich nichts am Hut.

Doch war dem so? Oder hatte Marlon vielleicht doch seine Hände im Spiel gehabt, als er am Morgen in seinem Bett erwacht war und sich so fühlte, als hätten sie die ganze Nacht über rumgemacht. Auch jetzt noch fühlte Jordan sich wie benutzt, wie ein Handtuch, das nach Gebrauch unachtsam in die Ecke geworfen wurde. Es war höchste Zeit, diese Gedanken endlich ruhen zu lassen und sich auf das Schlafen zu konzentrieren. Schon in weniger als sechs Stunden würde der Wecker rappeln und Jordan aus den süßesten Träumen reißen …

Devotionalien

Jetzt war Jordan bereits den elften Tag in diesem Haus und noch immer hatte er das Gefühl, nicht dazuzugehören. Irgendein eigenartiges Gefühl loderte in ihm, dass ihm unentwegt zuraunte:»Du gehörst hier nicht hin. Du solltest besser das Weite suchen, solange dies noch möglich ist.«

Doch Jordan wollte sich von keiner Stimme vertreiben lassen, die in seinem Kopf um jeden Tag ein wenig lauter wurde. Meldete sich hier etwa sein schlechtes Gewissen zu Wort? Schließlich war auch Jordan einer von denen gewesen, die vor ein paar Monaten in das Haus eingestiegen waren um Beute zu machen ... Und wenn das Haus nicht vergessen hatte, wer in die Zimmer eingedrungen war um nach Dingen zu suchen, die sie zu Geld machen wollten? Was, wenn das Haus über ein Gedächtnis verfügte, eine Erinnerung, die sich nicht auslöschen ließ?

Dabei waren sie fast schon professionell vorgegangen, hatten extra einen Typen mitgeschleift, der seinem Ruf gerecht werden sollte, dass er alle Schlösser dieser Welt knacken konnte. Und wie sehr hatten sie doch jenen Typen beglückwünscht, als nach wenigen Sekunden die Haustür offen stand ... Dabei hatte keiner der Türen ein Schloss ... Doch auch Jordan wurde von einer Erinnerung heimgesucht, die sich nicht auslöschen ließ.

Er konnte es einfach nicht vergessen, was sie im Haus vorgefunden hatten: es war das»reinste Schlachtfeld« gewesen.

Er warf sich etwas kaltes Wasser ins Gesicht. Darauf durften sie nie zu sprechen kommen. Das war ein Geheimnis, dass Jordan und die anderen mit ins Grab nehmen wollten. Und ihre Beute war damals alles andere als der Mühe wert gewesen. Im Grunde hatten sie nur Dinge mitgehen lassen, die ein Typ, der solch ein Haus besaß, nicht vermissen würde. Nichts, was sie erbeutet hatten, war von großem Wert gewesen. Bis vielleicht auf die eine Sache, die Jordan an sich genommen hatte und es den anderen bislang vorenthielt, dass er es hatte mitgehen lassen. Denn Jordan war in besagter Tatnacht auch in das Allerheiligste dieses Hauses vorgedrungen: Das Arbeitszimmer des Autors, sein Gedächtnis, seine vollgestopften Schubläden mit Erinnerungen, abgelegten Texten und Romanentwürfen …

Als Jordan sein Gesicht abtrocknete war es noch immer rot. Er versuchte das Vergangene in die hintersten Windungen seines Hirns zu verbannen, als er sich niederkniete und den Karton mit den Eiern und den Milchflaschen aufnahm.

Marlon bevorzugte an einem Montagmorgen Rührei mit Speck. Also machte Jordan sich daran, sechs Eier aufzuschlagen um sie mit Milch, etwas Salz und Kräutern zu verfeinern und in die Pfanne zu geben. Ein Blick auf die Uhr sagte ihm, dass ihm noch genau 8 Minuten blieben …

Jordan läutete die Glocke.

Es dauerte ein paar Minuten, bis Marlon nach unten kam und Jordan zuerst einen Streich zu spielen versuchte:

»Nanu! Wer hat dich denn in mein Haus gelassen«, sagte Marlon und verzog keine Miene. »Weißt du denn nicht, dass ein längerer Aufenthalt in diesem Haus gefährlich werden kann … für uns beide?«

Jordan wusste nicht, wie er auf diesen Scherz reagieren sollte und sagte besser gar nichts. Stattdessen stellte er die Teller auf den Tisch und begann die Gläser mit der kalten Milch zu füllen. Schweigend setzte er sich an den Tisch. Er wollte, dass Marlon den Anfang machte. Doch auch Marlon schien keine große Lust zu verspüren, ein Gespräch zu beginnen.

Als sie sich dann für mehrere Minuten angestarrt hatten, versuchte es Jordan mit leiser Stimme:

»War das gestern einer deiner berühmt berüchtigten Geistesblitze gewesen? Ich habe dich für Stunden schreiben hören.«

»Und du? Was hast du gestern noch zu Papier gebracht?«, erwiderte Marlon, ohne Jordan auf seine Frage zu antworten.

»Nicht viel, nur ein paar Ideen«, sagte Jordan und räumte die Teller in das Spülbecken.

»Hast du denn vor in meine Fußstapfen treten zu wollen? Ich meine, hast du vor, ein Schriftsteller zu werden?«

»Keine Ahnung! Darüber habe ich noch nicht nachgedacht«, sagte Jordan und setzte sich zu Marlon auf das Sofa, der inzwischen in das Wohnzimmer gegangen war um Jordans Ausbeute in Augenschein zu nehmen.

Auf dem Wohnzimmertisch lagen ein paar beschriebene Blätter, die Marlon, trotz dass er sich nicht die Erlaubnis eingeholt hatte, unbedingt lesen wollte.

Jordan missfiel, dass Marlon ihn nicht einmal um Erlaubnis gefragt hatte und versuchte ihm die Blätter aus der Hand zu reißen. Doch Marlon gab sie nicht her.

»Das ist nicht fair! Die Zeilen eignen sich noch nicht, um gelesen zu werden«, protestierte Jordan und verlangte die Herausgabe seines Manuskripts.

»Du brauchst dein Licht nicht unter den Scheffel zu stellen. Ich erkenne, wenn jemand Talent hat. Und du hast ein großes Talent. Aus dir könnte schon bald ein neuer Stern am Autoren-Himmel werden.«

»Ach, dass sagst du doch nur so!«

»Wieso sollte ich dir Honig ums Maul schmieren wollen?«

»Keine Ahnung! Weil du mir nicht wehtun willst?!«

»Das Thema hatten wir doch schon«, sagte Marlon und verdrehte seine Augen. »Warum unterstellst du mir fortan, ich würde eine Freude daran haben, dir in irgendeiner Weise wehtun zu wollen?«

»Du bist der Erste, dem meine Texte gefallen«, sagte Jordan und war froh, als Marlon ihm die Blätter zurückgab, noch bevor er alles gelesen hatte. Jordans Text war alles andere als für die Öffentlichkeit bestimmt; nicht einmal Marlon dürfte sie lesen!

»Du bist noch jung. Aus dir kann noch alles werden, was du dir vorstellen kannst. Und kannst du dir etwas nicht vorstellen, so wird es auch nicht geschehen. Doch soweit ich das beurteilen kann, hast du eine große Vorstellungskraft«, sagte Marlon und lachte plötzlich laut auf. »Meinen Glückwunsch! Viele haben es nicht einmal soweit geschafft wie du.«

»Was habe ich geschafft?«

»Jetzt bist du schon den elften Tag in meinem Haus und du bist noch immer am Leben.«

Jordan schluckte.

Hatte Marlon womöglich mit dem Gedanken gespielt, ihn nicht mehr gehen zu lassen, und seinen Kühlschrank mit seinem Fleisch aufzufüllen, wenn die Vorräte zu Neige gingen?

Zwar hatte Jordan noch nie eines dieser Bücher selbst gelesen, mit denen Marlon kometenhaft aufgestiegen war in den Olymp der großen Schriftsteller der Gegenwart, doch von seinen Kumpels hatte er bereits gehört, über was Marlon Baker schon mehrere Bücher verfasst hatte: dem alltäglichen Kannibalismus, der dir praktisch überall begegnen konnte ... Auch in einer Holzhütte im Wald, wo es weit und breit keinen Nachbarn gab, der zur Hilfe eilen könnte ... wenn ...

»Nutze deine Zeit! Gern würde ich ein Manuskript von dir lesen wollen, bevor du wieder in die große weite Welt hinausgehst«, sagte Marlon und lehnte sich entspannt auf dem Sofa zurück.

Jordan setzte sich auf die Kante und wartete darauf, dass ihn Marlon zu sich nach unten zöge. Nach einem

kurzen Augenblick der knisternden Spannung geschah es dann auch, dass Marlon über seinen Schatten sprang und Jordan an sich zog. Zärtlich strich Marlon dem Jungen durch das feuchte Haar, und Jordan legte sich zu Marlon auf das Sofa. Jetzt war es eigentlich nur noch ein kleiner Schritt, den einer der beiden gehen müsste, doch dieser Schritt blieb aus.

Stattdessen raunte Marlon Jordans ins Ohr: »Ich würde gerne beenden wollen, was wir gestern angefangen haben.«

Und zuerst interpretierte Jordan diesen Vorschlag damit, dass er Marlon nach oben folgen sollte, bis er eines Besseren belehrt wurde.

»Ich meine das Bild, Jordan!«

»Oh!«

Marlon lief zur Staffelei hinüber und begutachtete die erste Skizze, die er noch überarbeiten müsste um daraus ein Motiv für ein Buchcover werden zu lassen – dass war er seinen vielen Lesern schuldig. Schon oft hatte Marlon Baker seine Bücher mit eigenen Bildern oder auch Illustrationen versehen, auch wenn er wegen seiner Freizügigkeit schon oft angegriffen worden war, und es auch Länder gab, die entweder seine Cover an bestimmten Stellen mit einem Sticker zensierten, oder gleich ein ganz anderes Cover nutzen, das nicht so viele Gemüter erregte. Und auch auf dem »Index« so manches Landes standen seine Werke.

»Und du kannst dich heute beherrschen?«

»Ich werde es versuchen!«

Jordan legte den Bademantel beiseite und nahm wieder die kauernde Haltung ein, bei der ihm gestern schon nach kürzester Zeit die Beine eingeschlafen waren – jedoch nicht sein Glied, das sich emporstreckte und Marlon wohl »aus der Bahn« geworfen hatte.

»Ich will nur schnell ein paar Schattierungen vornehmen«, sagte Marlon und setzte den Pinsel an.

Rasch waren die Schenkel und die Arme Jordans plastischer dargestellt als noch gestern Nachmittag. Und Jordan hatte sich das Bild in der letzten Nacht immer und immer wieder angesehen:

»So sieht er mich also«, dachte Jordan und schmunzelte. Er genoss inzwischen jede Minute, die er mit Marlon zusammen war, denn in den letzten Tagen war vor allem die Langeweile fast unerträglich geworden. Noch viel mehr als sein Schuldgefühl, das gelegentlich bei ihm anklopfte, jedoch kein Gehör fand. Er versuchte seine erschöpften Akkus wieder aufzuladen. Denn es war nicht vorhersehbar, wann sie mal wieder derart viel Zeit miteinander verbrachten.

Und ehe sie sich versahen, war es schon kurz vor Zwölf, als Marlon jäh den Pinsel aus der Hand legte und sagte:

»Das sollte für heute genügen. Wie gesagt, ich will dich ja nicht quälen. Und ich weiß, wie beschissen du dich in dieser Position fühlen musst.«

»Schon okay! Ich habe schon schlimmere Posen auf mich genommen«, sagte Jordan und hatte sichtbar Mühe, aufzustehen, jedoch kam ihm Marlon nicht zur Hilfe.

Marlon eilte die Treppe hinauf und rief Jordan zu: »Bitte nur einen kleinen Lunch. Ich habe heute keinen allzu großen Hunger!«

»Okay!«, erwiderte Jordan, der sich streckte und dann nach dem Bademantel greifen wollte. Doch der Bademantel war verschwunden. Statt des Bademantels lagen andere Klamotten auf dem Stuhl. Und Jordan hätte schwören können, dass es nicht Marlon gewesen war, der diesen Austausch vorgenommen hatte. Doch wer außer ihm konnte die Klamotten auf den Stuhl gelegt haben?

Panisch schaute Jordan sich im Wohnzimmer um. *Nein, es ist ausgeschlossen, dass noch ein anderer hier ist. Den hätte ich doch sehen müssen,* dachte Jordan und schlüpfte in die bequeme Baggy.

Die Klamotten rochen zwar irgendwie eigenartig streng, so als ob sie über einen langen Zeitraum hinweg eingemottet gewesen wären, doch das störte Jordan nicht. Vielmehr war er froh, seine Tage nicht länger in diesem Bademantel verbringen zu müssen. Neben der Baggy lag noch ein weites T-Shirt sowie ein cooles Beanie und Socken, die jedoch neu zu sein schienen. Allerdings gab es zu diesem Ensemble keinerlei Schuhwerk. Aber Jordan hatte ohnehin nicht vor, das Haus zu verlassen.

Um keinen Preis der Welt wollte Jordan sich von diesem Ort verjagen lassen. Und gleich was auch noch auf ihm zukäme, er wollte sich dieser Herausforderung stellen.

Er trauerte nicht einmal seinen Sachen länger nach, als er sich in einem Spiegel von Kopf bis Fuß begutachtete. So cool hatte er noch nie ausgesehen. Solche Klamotten hatte er sich noch nie wirklich leisten können; auch wenn er eine Menge Geld mit »gewissen Dienstleistungen« erwirtschaftete, so musste er jedoch den Löwenanteil davon stets seiner Gang abgeben, die dafür schützend ihre Hände über ihn hielt.

Doch das gehörte nun alles der Vergangenheit an. Die gigantische Summe von 126000 Dollar würde er mit niemandem teilen, das stand schon mal fest! Nein, keiner seiner Kumpels würde auch nur in die Nähe dieses Geldes kommen. Niemanden wollte er sagen, was er hier oben erlebt hatte.

Da kam Jordan plötzlich eine Idee: *Wenn mich Marlon am Ende der 30 Tage bar auszahlen will, hat er bestimmt schon das Geld hier irgendwo gebunkert …*

Jordan schwor sich jedoch, seine kriminellen Energien ebenfalls der Vergangenheit angehören zu lassen. Noch vor zwei Wochen wäre er wohl auf den Zug mit aufgesprungen, wenn es darum gegangen wäre, jemandem so viel Schotter abzuknöpfen. Doch bei ihm war nicht zuletzt der Groschen gefallen: Er musste praktisch gar nichts weiter tun um an so viel Geld zu kommen, außer weiterhin diesem exzentrischen Mann ein wenig Gesellschaft leisten. Und es müsste schon ein Wunder geschehen, dass er es nicht bis zum bitteren Ende durchziehen würde.

Jetzt hatte er bereits ein gutes Drittel hinter sich. Was sollte in den kommenden 19 Tagen noch Großartiges geschehen um ihn vom Auszug aus dem Haus zu überreden. Nicht einmal seine Stimme im Kopf vermochte so viel Kraft aufzubringen, dass er auf sie hören würde. Obwohl sie schon jetzt fast täglich am Schreien war: *»Junge, verlasse diesen Ort, solange es dir noch möglich ist. Kein Geld der Welt rechtfertigt es, dass du dich hier verkaufst!«*

Marlon war im Anmarsch. Jordan war in letzter Minute fertig geworden, zwei Cheeseburger für jeden von ihnen zuzubereiten. Er läutete die Glocke, da war Marlon schon auf halber Treppe.

Marlon setzte sich heute jedoch nicht in die Küche. Er gab Jordan zu verstehen, dass er heute den Lunch im Wohnzimmer einnehmen wollte. Jordan nahm die Teller auf und lief zu dem kleinen Wohnzimmertisch, auf die Marlon seine nackten Füße parkte.

»Komm! Setz dich neben mich. Ich will ein wenig Fern sehen«, sagte Marlon und schaltete den Fernseher an. Erst jetzt fiel Jordan auf, dass er in den letzten Tagen nicht einmal einen Film gesehen hatte. Ihm war der Bildschirm an der Wand nicht einmal aufgefallen, da er ihn für ein Gemälde hielt.

»Tolle Technik, was? Auf dem Bildschirm lassen sich Bilder einfrieren, die sehen dann so aus wie teure Gemälde aus dem Museum.«

Marlon zappte durch die Programme. Offensichtlich suchte er nach einem bestimmten Kanal. Auf einem Nachrichten-Kanal hielt er kurz inne, bevor er weiter zappte.

Jordan zog es hingegen vor, lieber seinem Cheeseburger alle Aufmerksamkeit zuteilwerden zu lassen, denn ehrlich gesagt knurrte ihm schon seit einer Weile der Magen.

Nach wenigen Augenblicken fror Marlon ein neues Bild ein: es war ein schreckliches Bild eines Jungen, der dem Tode nahe war, da er in Afrika wohnte und sich seine Eltern nicht mehr darin verstanden, wie man sich selbst um alles sorgte, statt sich von einer unfähigen Regierung bevormunden zu lassen. Ein Wunder, dass Marlon beim Anblick solcher Bilder überhaupt einen Bissen herunterbekam. Jordan versuchte seinen Blick ins Leere zu richten, doch das fiel Marlon auf, der daraufhin erwiderte:

»Wir dürfen unsere Augen niemals vor der grausamen Realität verschließen. Nur wer die Welt kennt, weiß, was er an seiner Heimat hat. Uns geht es gut, oder nicht?«

»Hast du denn nie daran gedacht, dich für wohltätige Zwecke einzusetzen?«

»Und wie nennst du das hier? Etwa nicht wohltätig? Ich habe dich in mein Haus aufgenommen, ich gebe dir zu essen, oder vielmehr kannst du dir alles aus dem Kühlschrank nehmen, wonach dir der Sinn steht … «

»Das meine ich nicht«, sagte Jordan und fühlte sich plötzlich wie dieser nackte Junge aus Afrika, der wohl schon Morgen an seinem Hunger krepieren würde.

»Charityveranstaltungen sind alles andere als wohltätig. Die werden doch nur veranstaltet, um sich mal wieder ins Gespräch zu bringen. Das brauche ich nicht. Spätestens wenn ich mein nächstes Buch veröffentliche, komme ich automatisch wieder ins Gespräch. Die Presse wartet doch nur darauf, dass ich ihnen den nächsten unverdaulichen Brocken vorwerfe, an dem sie sich allesamt verschlucken werden.«

»Oh, bevor ich es vergesse«, sagte Jordan und blickte Marlon direkt ins Gesicht, »vielen Dank für die coolen Klamotten!«

»Danke nicht mir. Danke den edlen Spendern, die sie dir überlassen haben. Ich habe eine ganze Kiste solcher Klamotten. Wenn du willst, kannst du dir noch mehr aussuchen. Schließlich sollst du dich wohlfühlen bei mir«, sagte Marlon und stand auf.

Nach wenigen Minuten – er war aus dem Haus gegangen um die Kiste aus der Garage zu holen – kam Marlon mit einer großen Kiste zurück. Es war vielmehr ein schäbiger Umzugskarton, der die Aufschrift DEVOTIONALIEN trug.

Jordan wusste mit diesem Wort zuerst nichts anzufangen, daher fragte er Marlon, was es bedeutete.

»Was sind Devotionalien?«

»Da wirst du noch selbst dahinter kommen. Für einen angehenden Schriftsteller wie dich ist es wichtig, dass du dir einen großen Wortschatz aneignest. Nicht, dass du deine Leser mit Worten beeindrucken sollst. Doch die meisten Leser lieben es, wenn du ihnen ab und an mal ein gewichtiges Wort vor die Füße wirfst.«

Gesagt. Getan.

Marlon ließ den Karton vor Jordan auf den Fußboden fallen und verabschiedete sich vorerst bei ihm:

»Bis zum Abendessen wirst du genügend Zeit haben, herauszufinden, was Devotionalien sind. Die Sachen, die dir gefallen, lege bitte auf das Sofa. Ich werde dann entscheiden, ob du sie auch tragen darfst.«

»Okay! Danke! Vielen Dank!«, sagte Jordan und machte sich sogleich darüber, den Inhalt des Kartons zu inspizieren.

Die coolsten Klamotten kamen zum Vorschein: Baggies, Shirts, Sweater ..., die alle den Anschein erweckten, als wären sie nur wenige Tage getragen worden. Seine Kumpels trugen oft solche Klamotten. Seine Kumpels kannten Freier, von denen sie immer reichlich beschenkt wurden. Jordan jedoch war noch nie mit einem Freier mitgegangen, von dem er außer seiner vorher vereinbarten Summe etwas anderes bekommen hatte. Dabei hatte es schon den ein oder anderen Typen gegeben, der ihm das »Blaue vom Himmel herab« versprach, wenn er denn bereit sei, Dinge zu tun, die er eigentlich schon von vornherein ausschloss. Und Jordan hatte sich nie kaufen lassen. Darauf war er stolz, auch wenn er schon immer seine Kumpels beneidet hatte, wenn sie diese Klamotten trugen und ihn damit aufzogen, in welchen Lumpen er doch aufkreuzte. Komisch an dem ganzen Haufen Klamotten war nur, dass es Jordan plötzlich so vorkam, als hätten hier seine Kumpels ihre Rucksäcke geleert. Denn das ein oder andere Stück kam ihm bekannt vor. Und wenn er ehrlich zu sich war – und das war er stets – wurde er den Verdacht nicht los, das noch vor wenigen Tagen seine Kumpels in diesen Sachen gesteckt hatten – auch wenn dies völlig absurd war. Denn wieso hätten sie ausgerechnet hier ihre Rücksäcke leeren sollen?

Obwohl – Jordan erinnerte sich an den Typen, den sie extra wegen der Schlösser, die er ihnen aufmachen sollte, angesprochen hatten. Er trug solche Baggies. Und hatte der Typ nicht sogar seinen Rucksack hier auf Links gedreht um die Beute darin zu verstauen?

Doch ganz gleich, wie die Sachen auch hierhergekommen waren, Jordan wollte sie nicht mehr missen. In ihnen fühlte er sich wohl, fast schon geborgen –

Am Abend lagen gleich mehrere Sachen auf dem Sofa, die Jordan sich aus dem Karton ausgesucht hatte. Marlon musterte den Haufen und sagte nach einer Weile des Zögerns: »Na schön! Fortan sollen diese Sachen dir gehören!«

Jordan sprach mit keinem Wort an, dass ihm einige Teile doch recht bekannt vorkamen; sie rochen sogar nach seinen Kumpels. »Ich werde sie morgen waschen«, sagte Jordan, als sie gemeinsam am Tisch saßen und ein dickes, schmackhaftes Steak vor sich liegen hatten.

Versuchsanordnung # 2

Heute, am 14. Tag seines Aufenthalts in diesem Haus, wurde Jordan vor eine neue und schier unlösbare Herausforderung gestellt. Marlon hatte es am gestrigen Abend ehe als Marginale erwähnt, dass es mal wieder an der Zeit wäre, seine Loyalität unter Beweis zu stellen; auch wenn er nicht nachvollziehen konnte, warum diese überhaupt in Frage gestellt wurde.

Jordan war loyal. Hatte er erst einmal einen Menschen in sein Herz geschlossen, war er sogar bereit, für diesen Menschen durchs Feuer zu gehen – auch wenn dies Höllenqualen für ihn bedeuteten. Doch Freundschaften waren Jordan schon immer wichtig gewesen. Mehr noch! Sie waren ihm heilig. Und ein Tabu, an ihnen rütteln zu wollen. Und doch wurde seine Loyalität heute auf eine harte Probe gestellt, als er mit der Versuchsanordnung # 2 konfrontiert wurde: einem Käfig!

Bestenfalls hätte er in diesem Käfig einen Hund vermutet, oder eine Bestie, die vielleicht an Tollwut erkrankt war; denn die Laute, die dieses Wesen von sich gab, ließ keinen anderen Schluss zu.

Als sie sich dann jedoch dem Käfig näherten – der übrigens in einem Nebengebäude des Hauses untergebracht war, und das Jordan nur mit Marlon zusammen betreten durfte – traute er seinen Augen nicht, was er in diesem Käfig kauern sah: seinen besten Freund und Kumpel Steven! Und ihm ahnte Schlimmes, was auf sie beide zukäme, würde Marlon die Spielregeln für den heutigen Tag verkünden.

»Wie stark werden deine Nerven heute sein? Wie weit wirst du diesmal gehen, ohne mich ein weiteres Mal zu verarschen, du würdest alle Spielregeln befolgen«, sagte Marlon und schien wie ausgewechselt. Er war nicht mehr der freundliche Mann von nebenan, in den man(n) sich gern verschoss. Vielmehr war er heute das reinste Ekelpaket. Und wohl ein Wunder, wenn Jordan diesen Tag heil überstünde! Oder sein Freund in diesem Käfig.

Jordan wollte sich nicht einmal vorstellen, geschweige denn ausmalen, wie dieses Spiel aber auch der Aufenthalt in diesem Haus für alle Beteiligten enden würde – wenn er denn bereit war, über seinen Schatten zu springen. Auch wenn dieser längst finsterer war als jemals zuvor in seinem Leben. Doch für diese gewaltige Summe von 126000 Dollar war er sogar dazu bereit, sein letztes Hemd zu verkaufen ... seine Seele, wenn's denn sein musste.

Denn schon vor wenigen Tagen war er zu dem Entschluss gekommen, dass es hier für ihn kein Zurück mehr gab. Ganz gleich, welche Tür noch aufgestoßen werden musste um an den Jackpot zu gelangen, Jordan würde jede noch so fragwürdige Schwelle übertreten – und zu allem bereit sein, was dieser Mistkerl forderte!

Marlon hielt die einzige Petroleumlampe in der Hand, die hier etwas Licht spendete. Und in diesem Halbdunkel etwas auszumachen oder zu erkennen, war recht schwer. Doch Jordan sah, dass es hier drei Käfige gab. Zwei von ihnen waren leer; und nur im Mittleren kauerte sein Freund Steven nackt und völlig verstört in einer Ecke. Er nahm ihn nicht einmal wahr, als sie sich dem Käfig näherten.

»Wenn du auch weiterhin solch köstliche Steaks essen willst, wird es Zeit, dass du uns von diesem Prachtexemplar eine Scheibe abschneidest«, sagte Marlon und lüftete nun endlich auch das Geheimnis, was sich im Sack befand, den er in der linken Hand hielt. »Solltest du dazu nicht fähig sein, wird es mir ein Vergnügen sein, stattdessen dir das Fell hinter die Ohren zu ziehen. Einer von euch beiden muss heute dran glauben. Du allein entscheidest, wer es sein wird.«

Marlon verließ das Nebengebäude, als er eine Eieruhr auf genau 1 Stunde stellte. In einer Stunde wollte er zurückkommen und dann Resultate vorfinden. Und Jordans Weltbild schien nun endgültig aus den Fugen gehoben. Noch vor wenigen Tagen hätte er alles getan, was dieser Mann von ihm verlangte, nur um ihn zu gefallen. Schließlich gab es keinen besseren Liebesbeweis, als für einen anderen Menschen einen Mord zu begehen. Aber war er wirklich zu einem Mord fähig? Einer kaltblütigen Tat, die für alle Zeit Blut an seinen Fingern kleben ließe? Jordan versuchte zuerst die Pro und Contras abzuwägen, die eine solche Tat nach sich zogen. Was würde im schlimmsten Fall mit ihm geschehen? Er könnte ins Gefängnis kommen, für viele lange Jahre. Dort wäre er dann der Liebessklave der anderen Gefangen, da er sich noch nie gern prügelte und ohnehin so aussah, als könnte er keiner Fliege was zu Leide tun. Und im besten Fall? Was würde im besten Fall für ihn rausspringen?

Marlon würde ihm am Ende des Monats einen Batzen Geld auf den Tisch legen. Wahrscheinlich würden sie sich danach ohnehin nie wieder sehen; und Marlon würde es abstreiten, diesen Jungen auch nur zu kennen. Er wäre also um ein Vermögen reicher aber dennoch um so vieles ärmer! Denn waren es nicht Marlons Worte gewesen, dass er sich niemals vorschreiben lassen sollte, was er zu tun hatte und was nicht. Doch Marlon scherzte sicher nicht, als er ihm heute Morgen von der Versuchsanordnung # 2 erzählt hatte, und wie wichtig es doch sei, hier nicht zu versagen. Jordan ging jedenfalls davon aus, dass Marlon wusste, dass er bei der letzten Versuchsanordnung geschummelt und die letzte Zutat einfach hatte verschwinden lassen. Und sein Pech (oder auch Glück im Unglück), dass tags darauf sein Auto gestohlen wurde ... oder besser gesagt, dass Auto seines Freundes, der jetzt in diesem Käfig saß und weniger wie ein Mensch aussah, sondern vielmehr wie ein wildes Tier, das zur Schlachtung anstand.

Vorsichtig näherte er sich dem Käfig. Die Petroleumlampe in der rechten und das scharfe Messer in der linken Hand. Der Käfig war mit schweren Eisenketten und einem mächtigen Schloss verriegelt. Unmöglich für ihn,

aber auch jeden anderen, diese ohne einen Schlüssel aufzubekommen. Steven kauerte in der hinteren Ecke. Sein Körper sah furchterregend aus; nicht mehr so schön und attraktiv, wie noch vor vierzehn Tagen, als sie sich zum letzten Mal gesehen hatten. Es war Stevens Idee gewesen, Jordan mit zu *Glovers Pizza Emporium* zu nehmen; damals, als er gerade 14 Jahre alt geworden war. Steven hatte ihm das Blaue vom Himmel erzählt, wie schnell er doch reich werden könnte, wenn er nur bereit sei, Mr Glover zu dienen und gelegentlich eine *Pizza Supreme* zuzustellen: die Spezialität des Hauses! So war es also Stevens Schuld, dass er in dieses Dilemma geraten war, aus dem es jetzt kein Ausweg zu scheinen gab. Denn selbst, wenn er jetzt fliehen würde, fliehen aus diesem Haus, der Mysteria Lane mit der Hausnummer 7 und dieser Stadt ... Sie würden ihn aufspüren wie Bluthunde – überall!

»Bist du das, Jordy?«, krächzte eine Jungenstimme aus dem Käfig, die an Klang verloren hatte.

Jordan zuckte im ersten Augenblick zusammen, als er diese Stimme hörte. Denn sie klang so unwirklich. Nicht real. Wie war sein Freund nur in diese … und Jordan wusste nicht einmal, wie er es nennen sollte: Schieflage, Desaster … Hinterhalt … geraten? Und wie konnte sich ein Junge in nur zwei Wochen so sehr zu seinem Nachteil wandeln? Steven hatte gänzlich an Attraktivität verloren. Ja, er wirkte auf Jordan sogar abstoßend und irgendwie auch bemitleidenswert. Dabei hatte Jordan noch vor zwei Wochen zu diesem Jungen aufgeschaut. Steven war sein Held … gewesen!

»Scheiße nochmal! Wie bist du denn hier her geraten?«, sagte Jordan, zögerte jedoch, seinem Freund in die Augen zu schauen, die in tiefen dunklen Höhlen lagen.

»Mr Glover hatte nicht eher Ruhe gegeben, bis ich ihm versprach, mal nach dir zu suchen. Denn du hättest noch an diesem Abend zurückkommen müssen. Zwar hatte Mr Baker eine *Pizza Supreme* bestellt, doch der Junge, der sie für gewöhnlich an diese Adresse auszuliefern hat war ja krank. Mr Glover hätte dich am liebsten nicht gehen lassen. Nicht zu diesem Mann. Nicht in dieser Nacht.«, flüsterte Steven, da er vermutete, dass der Schuppen mit Kameras ausgestattet war. Ein Verdacht, den er mit Jordan teilte.

»Mir ist bislang noch kein Leid widerfahren in diesem Haus. Ganz im Gegenteil«, erwiderte Jordan und überlegte, ob er Steven von dem Geld erzählen sollte, dass er hier verdienen konnte. Doch dann gäbe es einen Grund mehr, ihn zum Schweigen zu bringen. Steven wusste schon viel zu viel von ihm. Manchmal ließ er ihn sogar auflaufen mit dem was er über ihn wusste. Allein dafür wäre Jordan bereit, Steven die Zunge rauszuschneiden. Damit er endlich sein Maul hielt, wenn es darum ging, anderen Lügen über ihn zu erzählen.

»Du musst dem hier ein Ende bereiten, Jordy«, sagte Steven und schleppte sich mit letzter Kraft an die Käfigtür. »Lange halte ich es hier nicht mehr aus. Ich drehe noch durch, wenn ich einen Tag länger hier bleiben muss. Entweder du bringst es hinter dich und tötest mich, oder du siehst zu, dass du die Schlüssel findest, damit wir von hier abhauen können. Das ist kein Ort für uns! Kein Ort für dich und kein Ort für mich!«

»Wie viele Tage bist du schon in diesem Käfig?«, fragte Jordan und begutachtete die Eisenketten, die selbst mit einer hochwertigen Flex nicht unter zehn Minuten zu durchtrennen wären.

»Schon viel zu lange«, erwiderte Steven und rüttelte an der Tür. »Seit dem Tag, als ich mir mein Auto wiederholen wollte, sitze ich hier gefangen.«

Das erklärte allerdings, wieso Marlon wusste, dass er bei der Versuchsanordnung # 1 geschummelt hatte, denn die Zutat Nummer 5 hatte er zum Auto gebracht, in der Hoffnung, dass es dort in Sicherheit wäre. Und somit wusste Marlon auch, dass er das Haus verlassen hatte, wenn auch nur für wenige Minuten. War es vielleicht an der Zeit, Mr Baker zur Rede zu stellen, der sich hier, so wie es schien, jedes Jahr im Sommer damit vergnügte, sich einen Pizzaboten nach dem anderen ins Haus zu bestellen; und das nicht, weil es ihm nach einer Pizza sehnt, sondern weil er seine perfiden Spielchen mit ihnen treibt.

»Selbst wenn ich den Schlüssel jetzt bei mir hätte«, und Jordan klopfte auf seine linke Hosentasche, als wäre ein Schlüsselbund darin, »so spricht einfach zu viel dagegen, dich aus diesem Käfig zu befreien.«

Steven traute seinen Ohren nicht. Hatte Jordan gerade gesagt, dass er ihm nicht helfen würde, selbst dann nicht, wenn er den Schlüssel bei sich hätte? Wie sollte er das verstehen? War Jordan etwa schon zu einem Handlanger dieser Bestie geworden, der in seiner Gegenwart schon mindestens einen Menschen abgeschlachtet hatte? Steven hatte alles mit ansehen müssen, als vor wenigen Tagen die Beute aus dem Käfig rechts neben ihm fachgerecht zerlegt worden war. Und es war längst kein Geheimnis mehr, dass jeder in das Stadt wusste, welche Vorliebe dieser Mann regelrecht zelebrierte: Er war ein Kannibale, der nicht nur Bücher darüber schrieb, wie schrecklich es doch sei, einen Kannibalen zum Nachbarn zu haben, nein, er verfasste sogar noch Kochbücher für eine Klientel, die sich für gewöhnlich im Verborgenen hielt. Dabei waren auch diesbezüglich erste Zahlen bekanntgeworden. Allein in ihrem Land sollte es an die zehntausend Kannibalen geben, die mehr oder minder häufig Menschenfleisch konsumierten, als wäre es die normalste Sache der Welt.

Jordans Eingeweide pressten sich jählings gegen seine Kehle. Er beugte sich nach vorn und übergab sich. War ihm etwa bewusst geworden, dass er die ganze Zeit über Menschenfleisch in diesem Haus gegessen hatte?

»Du kannst es mir doch nicht noch immer übel nehmen, dass ich dich in diese Kreise einführte«, begann Steven zu mutmaßen, was seinen Freund zögern ließ, ihn aus seiner Gefangenschaft zu befreien. Und würden nicht schon bald die beiden anderen Käfige gefüllt, so würde er sicher noch in dieser Woche das Fell hinter die Ohren gezogen bekommen. »Es tut mir Leid, dass ich dich den anderen Jungs vorstellte. Es tut mir auch Leid, dass ich dich mit zu *Glovers Pizza Emporium* genommen habe; denn das ist kein Ort für dich ... für uns!«

»Ach, halt doch deine Klappe!« schrie ihn Jordan an, als er sich den Mund am T-Shirt trocken rieb. »Du hast doch sicher ein *Kopfgeld* für mich bekommen, oder nicht? Die anderen haben mir längst gesagt, was Mr Glover für einen wie mich springen lässt. Und? Habe ich jemals etwas von diesem Geld gesehen? – Nein! Stattdessen hast du mir auch noch über die Hälfte von dem abgenommen, was ich mir sauer verdiente!«

»Aber ich habe auf dich aufgepasst. Habe dich beschützt, mein Freund!« Steven rieb sich die Tränen aus den Augen. »Ohne mich wäre dein Schicksal besiegelt gewesen. Du wärst längst in einer dieser weißen Schachteln gelandet. Häppchenweise wärst du verschickt worden, in alle Welt ... Doch du Trottel musstest ja ausgerechnet hier bleiben. Bei ihm!« Jordan warf einen Blick auf die Eieruhr. Die Hälfte der Zeit war schon verstrichen, und die kommenden 30 Minuten würden seine Entscheidung nicht einfacher machen. Dann fiel es ihm plötzlich wie Schuppen von den Augen: Zwar sah das Spiel vor, dass er Steven das Fell hinter die Ohren ziehen sollte, doch wie sollte er das bewerkstelligen, ohne Zugang zum Käfig zu haben? Nein, dieses Spiel war wohl vielmehr ein Rätsel, auf dessen Lösung er noch kommen musste – und die Zeit war gegen ihn. Denn im Rätsel knacken war er noch nie gut gewesen.

»Kommt es dir nicht auch komisch vor, dass wir beide hier an diesem Ort gelandet sind? Du in diesem Käfig und ich auf der anderen Seite, wo ich entscheide, wie es mit uns weitergeht«, sagte Jordan und legte das Messer auf eine Kiste ab, auf die er sich zuvor gesetzt hatte, weil ihm ganz taumelig zumute gewesen war.

»Stimmt! Jetzt wo du es sagst!«

Jordan betrachtete die gesamte Versuchsanordnung # 2 für eine lange Zeit, in der er kein einziges Wort verlor. Die Eieruhr war so gut wie abgelaufen. Noch 7 Minuten blieben ihm um eine Entscheidung zu fällen. Und dann, wie aus heiterem Himmel, offenbarte er Steven seine Entscheidung, die er für sich aber auch für den Rest der Welt getroffen hatte:

»Netter Versuch mich zu verunsichern! Bestimmt hat dir Marlon ein dickes Honorar in die Hand gedrückt, hier dieses Schauspiel aufzuführen, damit ich bloß schreiend davonlaufe«, sagte Jordan und versuchte Eins und Eins zusammenzuzählen. »Nein! Darauf falle ich nicht herein.

Hätte Marlon gewollt, dass ich heute zu einem Mörder werde, so hätte er mir den Schlüssel zu deinem Käfig in die Hand gedrückt und gesagt ›Bring es hinter dich, Junge‹ … Doch das genaue Gegenteil ist der Sinn dieses Spiels. Er wollte meine Loyalität auf die Probe stellen. Und ich wäre beinahe darauf reingefallen, dass du mir weißmachen wolltest, Marlon sei ein Kannibale und habe vor deinen Augen einen Menschen abgeschlachtet. Wie absurd! Nein, ich bilde mir lieber selbst ein Urteil über diesen Mann, der mich herzlich bei sich aufgenommen hat. Und wenn ich dir jetzt verraten würde, warum ich auch noch die kommenden zwei Wochen bei ihm bleiben werde, so müsste ich dir nicht nur deine dreckige Zunge rausschneiden!«

Die Eieruhr rappelte. Die Zeit war um.

Netter Versuch!

Jordan löschte das Licht, und als er das Nebengebäude verließ, war er hin und her gerissen von seinen Gefühlen. Er wusste nicht, ob er lachen oder weinen sollte. Nicht weniger hatte er gerade in den Müll geworfen, als seine Freundschaft zu Steven, die ihm nichts mehr wert zu sein schien, nachdem er hier auf die Probe gestellt worden war, wem er Loyalität zollen müsse und wem nicht.

Und es gab nur einen Menschen an diesem gottverlassenen Ort, dem er Loyalität entgegenbringen wollte, und dieser Mensch hantierte eifrig in der Küche, als er zur Hintertür hereinkam und sich erstaunt zeigte, dass Marlon mal selbst den Kochlöffel schwang.

»Na? Wie hat dir dein kleiner Ausflug in die Realität gefallen? Ist dir bewusst geworden, dass du ganz allein auf dich gestellt sein wirst, dein ganzes Leben lang? Nur du triffst die Entscheidungen, wie es mit dir und deinem Leben weitergehen soll. – Und da du freiwillig in dieses Haus zurückgekehrt bist, will ich dir auch verzeihen, dass du ohne ein Stück Fleisch gekommen bist. Aber von Steven können wir uns auch noch später eine Scheibe abschneiden, nicht wahr?« Marlon lachte. Die deutsche Sprache war auch zu komisch, wenn man einmal darüber nachdachte, welche Redewendungen es gab, und wie man diese auslegen konnte, wenn man mit einem wohl wahnsinnig gewordenen Mann unter einem Dach lebte.

Jordan behielt das Messer jedenfalls bei sich. Er versteckte es in seinem Refugium, das er sich im Wohnzimmer geschaffen hatte. Und Marlon würde es im Traum nicht einfallen, darin nach einer potentiellen Waffe zu suchen. Doch Jordan wollte gerüstet sein, nur für den Fall, dass dieser Mann wirklich wahnsinnig geworden war in dieser Isolation, die er jedes Jahr aufs Neue jener Gesellschaft vorzog, die ihn ohnehin nicht verstand. Nicht verstehen wollte, weil er so komplett anders war. Marlon war nur schwer in eine Schublade zu stecken. Selbst für Jordan war es nicht leicht, sich ein Urteil über diesen Mann zu erlauben, obschon sie doch jetzt über zwei Wochen miteinander ausgekommen waren. Irgendwie!

»Hunger?«, fragte Marlon und brachte zwei Teller in das Wohnzimmer, ohne auf Jordans Antwort zu warten. Auf den Tellern lagen erneut große Steaks ohne Beilage.

Jordan glaubte, dass Spiel allmählich zu durchschauen: Marlon setzte wirklich alles daran, diesen Jungen aus dem Haus zu eklen. Doch Jordan zeigte sich unbeeindruckt und ließ sich das Steak schmecken. Er dachte zuweilen sogar daran, dass es Steven sei, den sie hier verspeisten. Verdient hätte er es allemal nach dieser Show, die er in diesem Käfig abgeliefert hatte. Aber sollte er Marlon wirklich darauf ansprechen, was das alles bezwecken sollte? Er fasste seinen Mut zusammen und sagte:

»Du hast doch nicht wirklich von mir verlangt, dass ich meinen Freund töte, nur um hier bleiben zu können?«

»Es war einzig und allein deine Entscheidung. Und ob du dich richtig oder falsch entschieden hast, obliegt allein deinem Gewissen«, sagte Marlon und brühte noch einen Tee auf, den er nach dem Essen servieren wollte. »Du hattest das Schicksal dieses Jungen im Käfig in der Hand. Wie hat sich das für dich angefühlt?«

»Keine Ahnung! Wie sollte es sich denn angefühlt haben? Ich hatte doch den Schlüssel nicht um die Ketten zu öffnen«, erwiderte Jordan, dem klar war, auf was für ein Gefühl Marlon hinauswollte: *Macht!* Macht über einen anderen Menschen. Macht über das Schicksal entscheiden zu können. Über Gut und Böse!

»Bist du dir da ganz sicher?« Marlon deutete an, dass Jordan mal einen Blick in seine Hosentasche werfen sollte, und zwar in die linke Vordertasche.

Jordans Hand glitt in die Hosentasche. Ihm fiel die wenige Farbe aus dem Gesicht, als er etwas Metallisches zwischen seinen Fingerkuppen zu spüren bekam. Ein Schlüssel. Fast wagte er sich nicht, ihn aus der Tasche zu holen; doch dann gab er sich einen Schubs und getraute sich zu offenbaren, was er die ganze Zeit über schon in seiner Hosentasche gehabt hatte: den einzigen Schlüssel, den es in diesem Haus überhaupt gab!

Er legte das silberne Etwas auf den Tisch.

Eine bedeutungsschwangere Pause verstrich, bevor einer von ihnen sich zu Wort meldete. Eigentlich wollte Jordan Marlon zuerst zu Wort kommen lassen; doch er hatte die Stille nicht länger ertragen können, und so sagte er: »Darf ich nochmals in den Schuppen? Ich müsste da etwas zu Ende bringen!«

»Hört! Hört!«, sagte Marlon und schmunzelte. »Dein Freund kann sich glücklich schätzen, dass du natürlich nicht mehr das Haus verlassen darfst. Noch einmal wagst du es, einen Schritt über diese Schwelle zu gehen, und das Spiel ist aus!« Marlon stand auf und lief die Treppen hinauf zu seinem Arbeitszimmer. Auf der oberen Stufe wandte er sich nochmals an seinen Gast: »Im Kühlschrank liegt ein frisches Stück Fleisch. Ich erwarte von dir, dass du mir daraus ein Festmahls kochst.«

Jordan räumte die Teller in die Spülmaschine und warf anschließend einen Blick in den Kühlschrank. Er hatte gar nicht mitbekommen, dass eine Lieferung gekommen war. Im Kühlschrank fand er weitere Schüsseln, die mit einem Namen beschriftet waren: *Steven!*

»Ja, klar! Netter Versuch! Aber ich werde hier bleiben und mir das Geld verdienen«, sagte Jordan eher zu sich selbst, denn Marlon saß bereits wieder an seiner Schreibmaschine und tippte eine Seite nach der anderen. Und auch Jordan hatte inzwischen eine Menge zu erzählen. Die letzten beiden Wochen waren derart aufregend gewesen, dass sich daraus sicher ein Buch machen ließe. Doch er wusste einfach nicht, wie er seine Erlebnisse zu Papier bringen sollte. Er war noch nie ein guter Schreiber gewesen. Stattdessen wollte er eine Geschichte vollenden; auch wenn der erste Teil dieser Geschichte jetzt wer-weiß-wo war … Aber er hatte vorgesorgt und sich Kopien machen lassen. Allerdings fehlten ihm noch die letzten Seiten; und die würde er nur bekommen, wenn er gegen das Regelwerk verstieß. Denn dazu müsste er sich erneut in das Allerheiligste des Autors stehlen – um auch noch den Rest dessen zu bekommen, was er zu Geld machen wollte … Doch er wollte nichts überstürzen. Noch blieben ihm fast zwei Wochen um an einer Möglichkeit zu feilen, wie er unbemerkt in Marlons Arbeitszimmer eindringen könnte. Warum sollte er jetzt alles aufs Spiel setzen, wo das Spiel doch gerade an Reiz gewann?

Und Steven?

Würde er sich aus dieser misslichen Situation befreien können? Oder würde er eines Tages nun doch im Kochtopf eines Kannibalen landen?

Jordan wäre zu gern noch ein weiteres Mal in den Schuppen gegangen; doch das war ihm ja strengstens untersagt. Und wegen Steven wollte er sicherlich nicht den Jackpot in Gefahr bringen, den er knacken wollte. Kein Mensch würde ihn jetzt noch davon abbringen, diesen Plan zu vollenden.

Und seine Stimmen im Kopf? Seit Tagen schon versuchten sie auf sich aufmerksam zu machen. Sie ließen nichts unversucht, Jordan vor der großen Gefahr zu warnen, hier einen Fehler zu begehen. Doch Jordan schien auf beiden Ohren taub oder nicht empfänglich zu sein für diese Stimmen, die sich aus den tiefsten Windungen seiner Seele empor kämpften um Gehör zu finden. Allerdings war Jordan nicht geübt darin, auf seine Intuition – sein Bauchgefühl – zu hören. Und so schien eine Katastrophe sondergleichen immer näher zu kommen. Unaufhaltsam. Und mit schnellen Schritten.

Aber Jordan wog sich in Sicherheit. In trügerischer Sicherheit, wie es schien. Er glaubte, dass ihm, solange er in diesem Haus war, kein Haar gekrümmt werden konnte. Und am 16. Tag seines Aufenthalts in diesem Haus, kam ihm in den Sinn, nach dem Geld zu suchen, dass Marlon hier doch irgendwo für den Fall seines Triumphes deponiert haben musste. Jedoch daran zu denken, besser die Beine unter die Arme zu nehmen um von hier zu verschwinden, kam ihm nicht in den Sinn; auch wenn Marlon die Frage unbeantwortet ließ, ob es tatsächlich Steven gewesen war, den sie Tag für Tag ein wenig mehr verputzten.

Zuerst suchte Jordan nur im unteren Stockwerk des Hauses, in dem er sich bereits heimisch fühlte. Noch nie zuvor hatte er sich so schnell an einem Ort so willkommen gefühlt wie hier. Doch hinter keinem der Ölbilder, die an der Wand hingen, war ein Safe versteckt. Das war auch schon vor wenigen Monaten der größte Streitpunkt unter ihnen gewesen, als es darum ging, die Beute aus diesem Haus gerecht aufzuteilen. Und seine Freunde hatten nicht nachvollziehen können, warum er sich mit einem Briefumschlag zufrieden gab, in dem doch nur Hefte waren. Etwa zehn Schulhefte der Größe DIN-A-5 hatten in diesem Umschlag gelegen; und keiner seiner Freunde hatte sie haben wollen. Sie verstanden einfach nicht, welcher Schatz darin enthalten war. Und wahrscheinlich hätten sie den Umschlag samt des Inhalts einfach ins Feuer geworfen, wenn er sie nicht an sich genommen hätte …

Doch sie jetzt seinem Urheber zurückzugeben kam ihm auch nicht in den Sinn. Viel zu sehr hatte er sich in das verliebt, was er auf über 300 Seiten gelesen hatte; auch wenn die Handschrift des Autors oft nur schwer zu entziffern war. *Ob Marlon vielleicht gerade daran arbeitet, eine zweite Version zu schreiben?,* dachte Jordan, als er den einzigen Garant dafür, dass Marlon in seinem Arbeitszimmer war, hörte und sich seiner sicher war, nicht erwischt zu werden, während er das Haus auf den Kopf stellte. Doch ganz gleich, wo er auch suchte. Nirgends ließ sich auch nur die Spur eines Safes, geschweige denn von Bargeld finden. Ein Grund mehr, Marlons Arbeitszimmer zu inspizieren. Aber wie sollte er es fertig bringen, Marlon aus dem Haus zu schicken, oder zumindest solange zu beschäftigen, bis er gefunden hatte, wonach er suchte?

Nein, Marlon würde sich niemals bereiterklären, das Haus zu verlassen. Nicht in dieser Woche. Und wahrscheinlich auch nicht, solange er nicht seine Arbeit vollendet hatte.

Und ihm eine Falle stellen?, dachte Jordan, brachte jedoch nichts hervor, was sich in die Tat umsetzen ließe. Er wollte es einfach darauf ankommen lassen. Am nächsten Tag!

Mit Speck fängt man Mäuse

In einem Buch des Autors, deren Gast er auch noch am 20. Tage war, hatte er eine interessante Passage gefunden: Es war gar nicht so unmöglich, wie er zuvor noch gedacht hatte, Marlon eine Falle zu stellen; oder ihn jedenfalls dazu zu bringen, für eine Weile das Haus zu verlassen. Jordan wusste, wie gern Marlon zum Frühstück ein Glas Milch trank, und auch zum Aufschlagen der Rühreier würde er einen Schluck Milch benötigen. Was lag also näher, so zu tun, als hätte der Milchmann vergessen, ihnen drei Flaschen vor die Hintertür zu stellen. Noch bevor er irgendwelche Dinge für ein Frühstück vorbereiten wollte, ging er an die Tür zu Marlons Arbeitszimmer, klopfte leise und wartete auf eine Reaktion.

Er hörte, wie das Klappern der Schreibmaschine verstummte, wie ein Stuhl beiseitegeschoben wurde, und wie ein offensichtlich schlaftrunkener Mann zur Tür schlurfte um ihm ein für alle Mal zu verstehen zu geben:

»Was ist am Regelwerk nicht zu verstehen, dass du mich bei meiner Arbeit störst?« Marlons Augen wirkten, als hätten sie jetzt schon für Stunden auf einen Monitor gestarrt, obwohl es noch früher Morgen war. Hatte Marlon etwa die Nacht hindurch gearbeitet, weil er einen seiner Schreib-Flashs gehabt hatte, und unbedingt festhalten wollte, was ihm in den Sinn gekommen war?

»Ich weiß, was das Regelwerk bezüglich der Tatsache sagt, wenn das Klappern deiner Schreibmaschine zu hören ist, doch wie soll ich Frühstück machen, wenn wir keine Milch mehr haben? Entweder du gibst mir ein wenig Geld und die Erlaubnis, in die Stadt gehen zu dürfen, um Milch besorgen zu können, oder dir wird es nicht erspart bleiben, selbst in die Stadt zu fahren.« Jordan rechnete fest damit, dass er nicht selbst in die Stadt gehen durfte. Doch da wurde er eines Besseren belehrt:

»In der Kommode im Wohnzimmer in der oberen Schublade liegt mein Portemonnaie«, begann Marlon zu sagen, bevor er kurz inne hielt und stutzte. »Wie? Wir haben keine Milch mehr? Hast du etwa die gesamte Milch dem Kätzchen gegeben, das hier um das Haus schleicht? Ich habe den Milchmann im Voraus bezahlt. Und auf ihn ist Verlass!«

»Was ist nun? Soll ich in der Stadt Milch kaufen gehen oder nicht? Ohne Milch kann ich keine Rühreier machen«, sagte Jordan und ahnte, was jetzt kommen würde.

»Dann mache doch Spiegeleier. Wegen mir müssen es heute keine Rühreier sein. Ich habe heute ohnehin keinen großen Hunger.«

»Und dein tägliches Glas frischer Milch? Willst du auch darauf verzichten?«

»Wer bist du? Meine Mutter? Dann trinke ich eben Orangensaft.«

Jordan überlegte, wie er den Mann aus der Reverse locken konnte, denn offensichtlich schien sein Plan gewaltig in die Hose zu gehen, hier einen Mann aus dem Haus zu locken, nur weil sie keine Milch mehr hatten.

»Aber ich würde gern ein Glas Milch trinken wollen.«

»Na, wenn das so ist«, sagte Marlon jählings und suchte nach seiner Hose, die über der Lehne eines anderen Stuhls lag. »Dann will ich deinem Wunsch gerecht werden.«

»Ach wirklich?«

»Du bist mein Gast. Dein Wunsch ist mir Befehl!«, erwiderte Marlon, und Jordan traute seinen Ohren nicht. Was war in diesen Mann gefahren, dass er heute so scheiß freundlich zu ihm war? Doch sein Plan, Marlon aus dem Haus zu bekommen, schien aufzugehen ... bis sie beide nach unten liefen und Marlon sagte:

»Du begleitest mich natürlich!«

»Klar!«

Was blieb Jordan auch schon anderes übrig, als sich auf den Beifahrersitz des Autos zu setzen, dass Marlon aus der Garage holte? Hatte er etwa völlig umsonst die Milch in den Ausguss geschüttet?

Marlon startete den Wagen. Der Motor wollte nicht sofort anspringen. Offenbar war der alte Mustang seit längerer Zeit nicht bewegt worden. Ein rotes Auto, mit dem sie sicher überall auffallen würden; fuhren heutzutage doch nur noch zwei Farben auf den Straßen umher: Silber und Schwarz! Als hätte die Welt an Farbe verloren! Kein Autokäufer schien mehr den Mut aufzubringen, Farbe zu zeigen. Jammerschade!

Als der leistungsstarke Motor des Autos die Karosserie zum Vibrieren brachte, und Marlon bereits die Handbremse löste, geschah etwas, womit Jordan nicht im Traum gerechnet hätte. Marlon warf ihm einen Blick zu, der sicher sagen sollte:»Bleib sauber, Junge!« Und Jordan verstand im ersten Augenblick gar nicht, was der Mann von ihm wollte.

»Es ist sicher besser für uns beide, wenn wir nicht zusammen gesehen werden«, sagte Marlon und entriegelte die Türen mit Hilfe der Zentralverriegelung, die er betätigt hatte, als sie dem Auto zugestiegen waren. Wahrscheinlich hatte er vermeiden wollen, dass Jordan während der Fahrt aus dem Auto springt, und er dann womöglich die Reste dieses Kerls vom Asphalt kratzen müsste ...»Nein, du bleibst hier!«, sagte Marlon und warf Jordan einen Schlüssel zu.

Jordan wusste sofort, worauf Marlon zu sprechen kommen wollte. Er sollte für Ordnung sorgen. Er sollte den Dreck wegräumen, der noch im Schuppen war. Und er konnte sein Glück kaum fassen, als Marlon tatsächlich mit dem Auto hinter dem Horizont verschwand. Er hatte für die einfache Strecke mehr als zwanzig Minuten benötigt, und das würde ihm nun etwa eine Dreiviertelstunde bringen, in der er alleine war. Alleine in diesem Haus. Alleine in der Mysteria Lane mit der Hausnummer 7. Doch war er das wirklich? War er wirklich allein? Oder hockte sein Freund noch immer in diesem Käfig und würde dort gemästet werden wie ein Schwein?

Und jetzt das unverschämte Glück zu besitzen, darüber entscheiden zu können, wie es mit Steven weitergehen sollte, beflügelte Jordan geradezu. Nicht dass er ihn auf der Stelle befreien wollte. Oh nein! Doch er überlegte, was er mit ihm anstellen könnte ... bis er enttäuscht auf einen leeren Käfig blickte. Alle seine bestialischen Ideen, die er sich zurechtgelegt hatte, musste er wohl in den Mülleimer werfen. Oder etwa doch nicht? Aus dem hinteren Teil des Gebäudes vernahm Jordan eine Stimme.

Doch er ließ sich von all dem Flehen und Wimmern nicht beirren. Er schaute nicht einmal zu der Stelle hinüber, von wo aus diese Stimmen kamen. Es klang beinahe so, als würde Steven bereits an einem Fleischerhaken hängen ... ein Szenario, dass er nicht zwingend mit eigenen Augen sehen wollte. Oder doch?

Der Käfig war in weniger als zehn Minuten ausgemistet. Und das Stroh, das er zum Komposthaufen hinter dem Haus brachte, stank zum Himmel, als hätte Steven wochenlang hier drin seine Notdurft verrichtet.

Im Grunde konnte sich Jordan glücklich schätzen. Seine Lüge hatte ihm zumindest eines eingebracht: er konnte ein paar Augenblicke vor dem Haus verweilen, mal wieder frische Luft in sich einsaugen. Und doch sah sein Plan anderes vor. Wollte er nicht ins Arbeitszimmer des Autors schleichen um dort nach dem Geld zu suchen? Er wollte es auch gar nicht an sich nehmen. Allerdings wollte er die Gewissheit haben, dass er das alles hier nicht umsonst auf sich nahm, und das der Autor am Ende dieses Spiels fähig sein würde, ihn auszubezahlen. Bestenfalls blieb ihm noch eine halbe Stunde um das herauszufinden. Außerdem wollte er sich in dieser Zeit noch einen runterholen. Denn seine Eier waren zum Bersten voll, und er hatte noch keine Möglichkeit gefunden, wie er sich ungesehen in diesem Haus befriedigen konnte. Und er wollte es auf keinen Fall riskieren, am nächsten Sonntag wieder neben diesem Mann zu erwachen … um wer-weiß-was vorgeworfen zu bekommen!

Jordan stellte sich den Timer seiner Armbanduhr. Er gab sich zwanzig Minuten um nach dem Geld zu suchen. Mit wackligen Beinen schlich er die Treppe hinauf. Natürlich wusste er, dass er gleich ein Dutzend Regeln brach und Gefahr lief, alles zu verlieren, was er bislang gewonnen hatte. Allen voran Marlons Vertrauen. Und Marlon schien ihm wirklich zu vertrauen. Denn jetzt war er allein in diesem Haus, hatte den einzigen Schlüssel in der Tasche, und hätte alles anstellen können …

Doch die Tür zum Arbeitszimmer war verschlossen, obwohl es doch auch eine Regel in diesem Haus war, das keine Tür verschlossen sein durfte. Stieß Jordan hier etwa an die Grenze von Marlons Vertrauen? Er wollte es auf einen Versuch ankommen lassen. Er griff in seine Hosentasche und holte den Schlüssel hervor.

Ein Wunder, wenn er passen würde.

Vorsichtig schob Jordan den Schlüssel in das Loch. Er hielt den Atem an, als er ihn umdrehte. Mit einem Knack öffnete sich die Tür. Diesen Ort hatte Jordan zuvor noch nicht betreten: Nun ja, jedenfalls noch nicht, solange er Marlons Gast war. Der Raum war stickig. Hier schien schon seit längerer Zeit nicht gelüftet worden zu sein. In einer Ecke standen zahlreiche Rotweinflaschen, die der Autor in den letzten Wochen geleert haben musste, obwohl er doch eigentlich als Teetrinker bekannt war. Nie war Marlon auch nur ein einziges Mal wegen Trunkenheit in den Schlagzeilen gewesen ... Wegen anderer Dinge schon. Aber nie wegen irgendwelcher Eskapaden oder sonstigen Dingen, die Prominente für gewöhnlich taten um in der Klatschpresse Erwähnung zu finden. Nein, dies war nicht Marlons Welt. Im Grunde wusste die Außenwelt nicht wirklich viel über diesen Autor; und hätte er nicht seine erste Autobiografie veröffentlicht WHO THE FUCK IS ... MARLON BAKER ... so würden noch immer die meisten behaupten, dass es ihn gar nicht gab; trotz seiner zahlreichen Veröffentlichungen ...

Und auch Jordan und seine sogenannten Freunde waren erst auf ihn aufmerksam geworden, als sie diese Biografie in die Hände bekamen, als sie in ein anderes Haus eingebrochen waren ... Doch sei's drum!

Jordan war nicht in das Arbeitszimmer dieses Mannes geschlichen um jetzt nach Dingen zu fahnden, die beweisen würden, dass es diesen Mann tatsächlich gab. Vielmehr wollte er das Geld finden. Und bestenfalls das Ende jenes Manuskripts, dass er aus diesem Hause entwendet hatte, und dass er irgendwann, wenn Gras über die Sache gewachsen war oder der Autor längst unter der Erde lag, als sein eigenes Werk ausgeben wollte –

WUSCH

Jordan sank zu Boden, als hätte ihn der Blitz getroffen.

Ihm wurde schwarz vor Augen.

Als er sie wieder öffnete und sich fühlte, als hätte er tagelang geschlafen, bemerkte er, dass nicht Marlon ihm in die Falle gegangen war, sondern er selbst in die wohl schrecklichste aller Fallen getappt war: seiner Gier!

Jordan blickte entsetzt an sich herab. Er lag nackt auf etwas Stroh in einem Käfig, in dem vor Tagen noch sein Freund um Hilfe gebettelt hatte. Jetzt befand er sich selbst in dieser ausweglosen Situation. Und es schien, es wäre sein Schicksal besiegelt. Der Käfig war mit schweren Eisenketten verhängt. Und ohne einen Helfer würde er sich nicht aus dieser Gefangenschaft befreien können.

Dann öffnete sich die Tür zum Nebengebäude.

Zwei Personen betraten den dunklen Raum.

Nur schemenhaft konnte Jordan erkennen, dass es sich wohl bei dem Größeren um Marlon handelte. Doch wer war sein Begleiter? Wer war dieser Junge, der ihm folgte?

Hausschlachtungen

Die beiden doch recht ungleich wirkenden Personen traten an den Käfig. Erst jetzt konnte Jordan erkennen, in wessen Begleitung Marlon gekommen war. Es war ein Junge aus der Stadt, den er zwar nicht näher kannte, von dem er aber wusste, dass auch er regelmäßig bei *Glovers Pizza Emporium* ein und aus ging, als er vor wenigen Wochen angeworben worden war.

Auch dieser Junge hatte seine Seele an den Meistbietenden verkauft. Zuerst an Mr Glover, der ihn sicher als Bote für die Sonderbestellungen einsetzte, und jetzt an den Mistkerl, der ihn K.O. geschlagen haben musste. Noch jetzt schmerzte die Beule an seinem Hinterkopf. Doch dieser Schmerz war nichts im Vergleich zu dem, den er spürte, als ihm klar wurde, dass er alles verloren hatte. Alles hatte er aufs Spiel gesetzt. Und für was?

Hätte er nicht lieber das Regelwerk befolgen sollen? Wäre es nicht klüger gewesen, die letzten 10 Tage auszuharren und darauf zu vertrauen, dass er nicht beschissen werden würde? Jetzt jedoch war er mehr als beschissen dran, dass wusste er. Denn nun oblag es diesem Jungen, darüber zu entscheiden, was aus ihm werden würde.

Und inständig hoffte er darauf, dass dieser Junge nicht tatenlos dabei zusehen würde, wie ihm das Fell hinter die Ohren gezogen werden sollte – früher oder später! Denn aus welchem Grund sonst war er hierher gebracht worden, wenn nicht gemästet und eines Tages geschlachtet zu werden. Schließlich war er mehr als einmal vor diesem

Mann gewarnt worden. Doch er hatte alle Warnungen nicht wahrhaben wollen. Hatte darauf vertraut, dass dies doch nur Lügen waren, die sich erzählt wurden über einen Mann, den kaum einer kannte …

»Dies ist der Junge, von dem ich dir erzählt habe«, begann Marlon jäh das Wort an den Jungen zu richten, der keine Ahnung zu haben schien, dass es sich bei der Versuchsanordnung # 2 lediglich um einen Test handelte. Doch wie sollte Jordan dem Jungen klar machen, dass er hier nur auf die Probe gestellt wurde?

»Jammerschade, dass er ins Gras beißen muss«, erwiderte der Junge, den Jordan auf nicht einmal dreizehn Jahre schätzte.

»Er hat es nicht anders verdient. Nicht nur, dass er mir ein Manuskript gestohlen hat um es als sein eigenes auszugeben, nein, er hat auch noch die Dreistigkeit besessen, in mein Allerheiligstes einzudringen, obwohl ihm das unter Androhung harter Konsequenzen untersagt gewesen war … «

Richtig!, rief sich Jordan in Erinnerung. Da hatte es ja auch diesen Passus im Regelwerk gegeben, was mit ihm geschehen würde, wenn er gegen Selbige verstoßen würde. Doch er hatte das als schlechten Scherz gesehen. Denn welcher Mann würde es schon ernst meinen, wenn er einen Passus aufsetzte, der besagte, dass er ihn einen Kopf kürzer machen würde, sollte er die Regeln brechen.

Demonstrativ legte Marlon nun das Schicksal in die Hände dieses anderen Jungen, indem er ihm den Schlüssel in die verschwitzte Knabenhand drückte.

Dann stellte er die Eieruhr auf eine Stunde, erklärte dem Jungen die Regeln und verließ anschließend das Nebengebäude.

Und der Junge schien alles andere als gewillt zu sein, hier gegen das Regelwerk zu verstoßen. Schließlich hatte auch er den Jackpot im Blick, den er gerne knacken wollte, wie er Jordan mitteilte, als sie alleine waren:

»Ich will ja kein Spielverderber sein, aber dir wird es heute noch ans Leder gehen«, sagte der Junge, der nur zögerlich seinen Namen preisgab.

Er hieß Kevin.

Jordan versuchte sich in Erinnerung zu rufen, woher er diesen Namen kannte. Dann fiel es ihm wie Schuppen von den Augen. *Richtig!* Stevens jüngerer Bruder hieß Kevin. War dieser kleine Hosenscheisser etwa drauf und dran, hier seinen Bruder zu rächen, der schon seit Wochen als verschollen galt? Wie sollte Jordan dem Jungen nur klar machen, dass er sich nichts hatte zuschulden kommen lassen, als er die Wahl gehabt hatte, über nichts Geringeres als ein Menschenleben zu entscheiden?

»Du weißt schon, dass dich Marlon hier nur auf die Probe stellt?«

»Wer ist Marlon?«

»Na, der Mistkerl, der dich hierher gebracht hat!«

»Mich hat *niemand* hierher gebracht. Ich bin aus freien Stücken hierhergekommen. Ich habe auch allen Grund dazu.«

Noch immer glaubte Jordan, dass die einzige Motivation, aus der heraus dieser Junge handelte, seine Rachegelüste waren. Doch war Kevin wirklich nur aus diesem Grund in die Mysteria Lane mit der Hausnummer 7 gekommen? Oder gab es da noch einen andren Grund?

»Und wenn ich dir jetzt sage, dass er dich niemals bezahlen wird. Er hat nicht einmal Geld im Haus.«

»Ich bin nicht wegen des Geldes hier.«

»Aber du kennst das Spiel, dass er mit uns treibt?«

Kevin bejahte dies durch ein schwaches Kopfnicken.

Dann begann er, erste Schlösser und Ketten zu öffnen. Jordan wusste nicht, ob er lachen oder weinen sollte. Der Junge schien zwar nicht mit einem Messer bewaffnet, dafür hielt er aber ein Bolzenschussgerät in der linken Hand, das ihn dennoch erschaudern ließ. Nicht einmal überrumpeln könnte Jordan diesen Jungen. Dafür fühlte er sich einfach viel zu schwach. Und außerdem war sein linker Fuß angekettet. Marlon wollte wohl auf Nummer sicher gehen. Nicht noch einmal sollte ihm ein Fang entwischen.

Kevin legte die schweren Eisenketten beiseite. Dann öffnete er die Käfigtür. Jordan wurde angst und bange, als der Junge zu ihm in den Käfig kroch. Kevin setzte sich in Schneidermanier dem Jungen gegenüber, den er töten sollte – den er töten wollte! Denn nur so würde er am Ende das bekommen, was alle wollten: den Jackpot!

Kevin schien es jedoch nicht eilig zu haben, hier eine schreckliche Tat zu begehen. Und Jordan fragte sich, wie viele Jungen hier in diesem Käfig schon geopfert und letztendlich auch getötet wurden um einen anderen … Ja, was eigentlich? Konnte man sich wirklich glücklich schätzen, wenn man dieses Haus mit einem Sack voll Geld verließ, jedoch Blut an seinen Händen kleben hatte? Und hätte er die Versuchsanordnung # 3 über sich ergehen lassen, deren Aufbau er als Skizze in Marlons Arbeitszimmer gesehen hatte? Sollte er Kevin vielleicht von dieser letzten und alles entscheidenden Prüfung erzählen?

»Du bist ziemlich dreist«, sagte Kevin nach einem quälenden Augenblick der Stille. »Zuerst nimmst du diesem Mann etwas weg, dass ihm alles bedeutet hatte, und dann kehrst du hierher zurück und glaubst, es sei ein Leichtes, dieses Spiel zu spielen. Doch glaube mir, die meisten sind daran gescheitert, weil sie nur das Geld sahen, nicht aber die Möglichkeiten, die sich ihnen hier boten ...«

»Von was sprichst du? Welche Möglichkeiten sollten sich hier für mich auftun, außer am Ende dieses Tages auf dem Grillrost zu landen?«

»Aber hast du nicht verstanden, was dir dieser Mann zu schenken bereit war? Mit keinem Geld der Welt lässt sich dieser Schatz aufwiegen, der um ein vielfaches mehr Wert ist, als mit 126000 Dollar nach Hause zu gehen, die in weniger als zwei Jahren aufgebraucht wären.«

»Das klingt nicht danach, als das du anstrebst, dir den Jackpot zu holen.«

»Nein, in der Tat! Doch ich werde um ein vielfaches reicher belohnt werden, wenn ich auf das Geld verzichte und hier lieber meine Pflicht erfülle«, sagte Kevin und nahm erneut das Bolzenschussgerät in die Hand.

Würde Jordan etwas am Leibe tragen, er hätte sich längst in die Hosen gemacht. Stattdessen strömte noch mehr Schweiß auf seine Stirn. Sein Körper glänzte schon jetzt wie ein glacierter Schweinebraten! Und er verstand nicht, wie ein Junge so kaltblütig sein konnte um jetzt das Bolzenschussgerät einzusetzen ... mit allen Konsequenzen, die sein Handeln nach sich zöge.

Dann wurde ein Bolzen gelöst.

Ein Körper fiel in sich zusammen.

Doch der Junge, der das Bolzenschussgerät angesetzt hatte, kannte keinerlei Skrupel. Schließlich war er damit aufgewachsen, dass sie ihr Fleisch nicht im Supermarkt kauften, sondern Hausschlachtungen den Vorzug gaben. Sie würden nie auf die Idee kommen, Gammelfleisch zu kaufen, oder irgendein Stück Fleisch, über dessen Herkunft sie nichts wussten. Und sie bevorzugten frisches Fleisch, das bestenfalls noch für ein paar Tage im Kühlhaus abhing um zart und schmackhaft zu werden. Nach vollendeter Schlachtung brutzelte das erste Stück Fleisch wenige Tage später in der Pfanne, und Kevin war sehr darauf bedacht, dass Fleisch nicht zu gar werden zu lassen. Schließlich wollte er Pluspunkte sammeln, die er sicher brachen würde, wenn er seinen größten Wunsch an den Mann richten wollte, der ihm gegenüber saß:

»Glückwunsch! Das Steak ist dir wirklich hervorragend gelungen«, sagte Marlon zu dem Jungen, der hoffnungsvoll auf seinem Stuhl saß, selbst jedoch kaum einen Bissen herunterkam.

Dann, es waren mehrere Minuten des Schweigens verstrichen, fasste der Junge all seinen Mut zusammen, und äußerte seinen größten Wunsch:

»Können wir nicht Vegetarier werden? Allmählich schrumpft mein Freundeskreis auf eine überschaubare Zahl. Noch ein weiteres Jahr, und ich werde niemanden mehr zum Spielen haben.«

»Na, soweit kommt's noch!«, erwiderte Marlon und deutete auf die vielen kleinen, weißen Päckchen, die sie heute Morgen für den Versand fertig gemacht hatten.

»Ich weiß … eine äußerst lohnende Einnahmequelle«, sagte der Junge und hob seine Schultern. »Aber kannst du inzwischen nicht allein durch den Verkauf deiner Bücher leben?«

»Schon, aber wollen wir wirklich dazu übergehen, Gemüse zu essen?«, sagte Marlon und lachte.

»Mahlzeit, Paps! Hast ja Recht!«

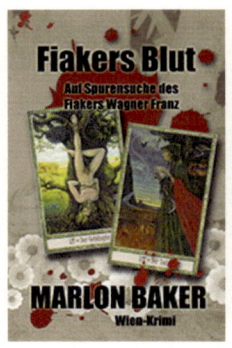  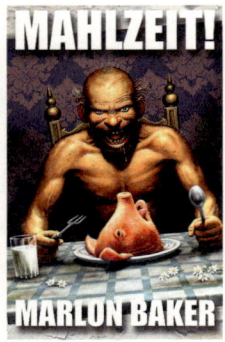

Von Marlon Baker sind folgende Bücher 2011 erschienen:
FIAKERS BLUT, ISBN 978-3-8423-7769-1
MYSTERIA LANE, ISBN 978-3-8423-7346-4
MAHLZEIT!, ISBN 978-3-8448-0340-2

Sowie exklusiv für den amazon Kindle:
PETERCHENS LUSTIGE BUSFAHRT
DAS UFO IN DER KEKSDOSE
ES GESCHAH EINES NACHTS

Jede Kurzgeschichte für nur € 2,99 lesen!
Besuchen Sie mich im Netz: **www.MarlonBaker.com**